KB177379

보호 종류

보호종료

© 윤혜숙, 2020

초판 1쇄 발행 2020년 11월 11일
초판 3쇄 발행 2021년 9월 27일

지은이 윤혜숙
펴낸이 김혜선   펴낸곳 서유재   등록 제2015 - 000217호
주소 (우)04034 서울 마포구 잔다리로7길 18(서교동 377 - 20) 504호
전화 070 - 5135 - 1866   팩스 0505-116-1866   대표메일 outdoorlamp@hanmail.net
종이 엔페이퍼   인쇄 성광인쇄

ISBN 979-11-89034-34-4 43810

보 호 종 료

윤혜숙 소설집

서유재

차례

사라진 얼굴

이룸 기숙 학원. 경기도 외곽에 자리 잡은 기숙 학원은 기대보다 별로였다. 낡은 펜션을 학원으로 급하게 바꾼 느낌이랄까. 담벼락은 덧바른 페인트칠로 얼룩덜룩했고 출입구에 붙은 간판이 별나게 번쩍거렸다.

"어째 으스스하지 않니?"

누군가 불쑥 던진 한마디에 아이들의 시선이 정면으로 쏠렸다. 집요하게 벽을 휘감고 있는 무성한 담쟁이덩굴 사이로 붉은색 벽돌이 희끗희끗 보였다.

담장 아래로 고개를 떨군 채 피어 있는 덩굴장미는 칙칙한 기숙 학원의 분위기를 더욱 음산하게 만들었다.

처음 엄마가 이룸 기숙 학원 얘기를 꺼냈을 때 손가락 사이로 새어 나가는 모래알을 움켜쥔 기분이었다. 죽어라고 했지만 두 번의 모의고사에서 간신히 3등에 턱걸이한 이후 나는 다시는 1등을 할 수 없을 거라는 절망에 빠져 있었다.

이번 기말고사에서도 동갑내기 사촌 유신이가 전교 1등에다 전국 석차 100등 안에 들었다는 할머니의 전화는 자괴감을 넘어 바닥이 보이지 않는 구렁텅이로 나를 밀었다. 지난해까지만 해도 전교 10등 안에 간신히 들어가던 유신이는 이제 나와는 급이 달랐다. 도수 높은 안경 너머로 눈알을 굴리던 유신이를 꿈에서도 적수라고 여긴 적은 없었다. 그런 유신이 내 목에 칼끝을 겨누고 있다는 생각만으로도 심장이 옥죄었다. 지금 나에게 필요한 것은 밤낮 없는 불안과 절망에서 나를 끌어내 줄 든든한 사다리였다.

상위 1퍼센트만 간다는 대학의 최연소 합격자 송수연! 그 수연이가 내로라하는 검정고시 학원과 입시 학원의 파격적인 제안을 뿌리치고 이름도 낯선 이룸 기숙 학원에 학습 멘토로 온다는 소문은 나를 흥분시키기에 충분했다.

진즉부터 일타강사가 한 시간 정리할 내용을 10분 안에 요점 정리한다는 둥, 수연이와 공부하면 한 달 안에 평균 99점으로 올릴 수 있다는 둥, 수연이의 '만점 노트'는 문제 적중률 100퍼센트라는 둥 온갖 소문이 따라다녔다.

그런 수연이가 숙식까지 함께해 준다는 건 하늘이 준 기회가 분명했다.

"대입 검정고시를 치르고 두 달 공부로 전국 수석이라니! 거기 가면 죽어라 공부만 할 거야."

엄마의 다그침이 아니어도 수연이처럼 전국 상위권에 들 수만 있다면 영혼이라도 팔 수 있을 것 같았다.

일주일 만에 레벨 테스트와 면접이 초고속으로 진행되었다. 합격생들과 부모들은 어떤 요구와 간섭도 하지 않고 기숙 학원의 지침을 무조건 따른다는 각서에 서명했다.

푸르죽죽한 원복으로 갈아입은 아이들 틈에 끼어 강당으로 내려갔다. 전국 각지에서 온 아이들은 하나같이 뻣뻣하고 악착스러웠다. 가까이에서 수연이를 보려고 서로 밀치고 떠밀고 난리도 아니었다. 간신히 셋째 줄에 앉았을 때는 진이 다 빠졌다.

"생일에 여기 오다니…… 수연이랑 같은 방을 쓰게 된다면 진짜 운명을 믿게 될 것 같아. 흐흐."

옆자리의 아이가 내 쪽으로 잔뜩 몸을 기울이며 말을 걸었다. 이름표에 '김혜나'라고 쓰여 있었다. 혜나는 한껏 목소리를 높이며 어떻게든 수연이와 자기를 엮으려고 했다.

"수연이랑 같은 방을 쓰는 건 운명이 아니라 기적 아니니?"

"기적은 나쁜 운명도 바꾸니까 그럼 더 좋은 거지 뭐. 운명처럼 기적이 찾아온다? 뭔가 스펙터클하면서 미라클하지 않니?"

혜나가 있는 대로 혀를 굴렸다. 단 두 마디에 못 말리는 수다쟁이에다 뭐든지 자기 유리한 쪽으로 해석하는 피곤한 스타일이라는 걸 알 듯했다. 이런 아이와 한방 쓰면 조용히 공부하기는 물 건너간 일이라는 생각이 들자 절로 얼굴이 구겨졌다.

"수연이랑 같은 방 쓰면 그 노트 볼 수 있겠지?"

"그 노트?"

"그전엔 좀 잘한다 하는 수준이었는데 수능 두 달 전부터 성적이 급격히 올랐대. 다들 그 노트 때문이라고 그러던데?"

만점 노트를 얘기하는 줄 알지만 왠지 대답하면 안 될 것 같았다. 혜나는 수연이가 룸메이트로 뽑아 주면 기절할지도 모른다며 호들갑을 떨었다. 나도 그래. 기절해도 좋으니까 제발 그랬으면 좋겠다. 입 밖으로 뱉어 내면 부정 탈까 싶어 나는 마른침을 꿀꺽 삼켰다. 혜나의 말그물에 걸려들지 않으려고 나는 의자 끝에 엉덩이만 걸치고 몸을 옆으로 잔뜩 기울였다.

잠시 후 무릎까지 내려오는 검은 원피스를 입은 수연이가 나타났다. 아이들의 수런거림이 뚝 끊기고 "꺄악!" 비명인지 환호성인지 모를 소리가 강당을 메웠다.

똑같은 검은 드레스에 올림머리를 한 원장이 뒤따라 모습을 드러냈다. 유리창에 쏟아지는 햇빛의 잔상 때문인지 수연의 머리 뒤로 커다란 빛무리가 생겼다.

숯검정을 칠한 듯한 검은 눈썹과 새빨간 입술은 수연이의 뽀얀 얼굴과 대비되며 기묘한 인상을 주었다. 반 아이들 중에도 몰래몰래 뾰루지를 감춘다며 씨씨 크림을 바르는 아이가 더러 있지만 수연이의 얼굴은 별나게 하얬다. 꼭 마네킹처럼.

아이들이 한꺼번에 강당 앞으로 몰려갔다. 원장이 수연이에게 바짝 붙어 서며 아이들에게 물러서라는 손짓을 거푸 해 댔다.

"이룸이 여러분의 성적을 바꿀 거라고 믿나요?"

"네!"

아이들이 있는 힘껏 소리쳤다. 원장이 입꼬리를 올리며 수연이의 어깨에 손을 올렸다.

"어제까지의 성적은 다 잊어버리세요. 여러분은 이제 새로운 성적으로 다시 태어날 테니까요. 여러분의 학습 멘토 수연이가 모든 과목에서 어떻게 만점을 맞을 수 있는지 직접 알려줄 거예요. 그렇지, 수연아?"

원장은 수연이를 내려다보며 세상에서 가장 환한 웃음을 지어 보였다. 손가락으로 눈썹을 만지던 수연이도 입술 끝을 말아 올리며 히죽 웃었다.

원장이 앞으로의 일정과 수업 방향에 대해 말하는 동안 나는 수연이에게서 눈을 뗄 수 없었다. 눈썹 도장을 찍은 듯한 짙은 눈썹과 그려 넣은 듯 유난히 도드라진 입술, 수연이의 얼굴에서 두 해 전 사라진 한 아이가 겹쳤다. 엄마가 딴생각 못 하게 눈썹을 밀었다는 아이, 이름이 오진실이었나 그랬다.

진실이는 중학교 2학년 때 대학 입학시험에 당당히 붙었다. 최고점으로 검정고시를 패스한 진실이는 두 달 후 고등학교 언니, 오빠 들을 앞지르고 최연소 수능 만점자라는 기록을 세운 거였다. 신문사와 방송사 기자들이 진실이를 찾아내는 건 일도 아니었다. 아침부터 진실이를 보려고 전국의 학부모들과 예비 수험생들이 티브이 앞으로 몰려들었다.

이날을 준비하기라도 한 듯 우아하게 한복까지 차려입은 진실이 엄마는 카메라 앞에서도 전혀 주눅 들지 않았다. 만점 비결에 대해 묻자 진실이는 대답 대신 엄마를 쳐다보았다.

"특별한 비법이랄 게 뭐 있나요? 우리 진실이는 그 흔한 단과 학원 한 번 다니지 않고 과외도 받은 적 없어요. 모든 공부를 혼자서 했어요. 그런 걸 자기주도 학습이라고 한다면서요? 호호호."

엄마의 우쭐거림과는 달리 카메라 앞에서 진실이는 연신 손으로 눈썹을 가리며 어색하게 웃었다. 내 눈엔 울음을 참고 있는 것처럼 보였다.

열다섯 살의 대학생, 모든 아이의 우상이었던 진실이는 입학식에 나타나지 않았다. 긴장이 풀렸는지 지독한 몸살감기를 앓는다며 진실이 엄마가 입학 증서를 대신 받아 갔다. 며칠 뒤 진실이 엄마의 말은 거짓으로 드러났고 연일 방송에서는 진실이 감쪽같이 사라졌다며 매시간 속보를 쏟아냈다. 진실이의 실종은 한 달 내내 사람들 입에 오르내렸고 2만 명 넘는 경찰들이 전국을 다 뒤졌지만 진실이를 찾을 수 없었다.

정신병원에 들어갔다는 둥, 유학 갔다는 둥 근거 없는 소문과 함께 진실이 필체로 추정되는 정체불명의 유서가 온라인에 떠돌기 시작한 것도 그 무렵이었다.

최연소 수능 만점자! 모두들 부러워하는데 왜 나는 하나도 기쁘지 않을까? 엄마는 며칠 전 유명 입시 학원으로부터 학습 매니저 제안을 받았다며 곧 광고도 찍을 거라고 하셨다. 엄마는 지금부터가 더 중요하고, 대학 가서도 1등 자리 빼앗기면 안 된다고 한다. 로스쿨 가서 로펌 변호사, 아니면 행정고시 합격 후 유엔 진출…… 엄마는 수능 만점자로 만족할 수 없나 보다. ……언제까지 지켜 낼 수 있을까? 1년? 아니면 2년? 어쩌면 더 빨리 빼앗길지도 모른다. 상상만 해도 숨이 막힌다. 살아도 산 게 아니다. 난 누구에게도 빼앗기고 싶지 않다. 뺏기지 않을 거다. 그 생각이 각다귀처럼 나를 파먹기 시작했다. 죽는다면 영원히 1등을 지킬 수 있을까?

진실이의 유서를 읽는데 쓴웃음이 고였다. 최고의 자리에 올라가 본 자의 억지투정 같았다.

"수연이가 같이 방을 쓸 학생으로 이민지를 선택했어요. 이민지, 어디 있지?"

원장이 아이들을 내려다보며 목소리를 높였다. 한참 만에 아이들 틈에서 한 아이가 쭈뼛대며 나왔다.

"쟤야?"

"기준이 뭐래? 별로 잘난 것도 없어 보이는데."

아이들의 야유에도 아랑곳없다는 듯 수연이는 민지 어깨를 다정하게 끌어안았다. 두 아이를 바라보는 원장의 얼굴은 뿌듯함으로 가득찼다.

"어떤 학생이든 1등으로 만들 수 있으니까 누구를 룸메이트로 선택할지는 수연이의 자유죠. 룸메이트 자격이 있는지 없는지 민지는 수연이의 테스트를 통과해야 합니다."

순간 아이들의 웅성거림이 뚝 그쳤다. 일주일, 함께 지내며 테스트를 통과해야 최종 룸메이트로 정해진다는 말에 아이들 몇은 가슴을 쓸어내렸다. 실망이 희망으로 바뀌는 순간이었다.

"휴, 정말 다행이다."

혜나가 좋알거렸다. 처음으로 혜나에게 웃어 주었다.

"시험은 누구에게나 공평하고 성적 역시 거짓말하지 않아요. 그런 의미에서 우리 학원은 모두에게 공평하게 기회를 줄 거예요. 거기에 대해서는 수연이도 동의했고요. 민지 학생에게는 무사히 테스트를 통과하라고 응원해 주고 싶지만, 여러분의 반짝이는 눈을 보니 그 말은 차마 못 하겠는걸요."

원장이 말끝에 한껏 입을 벌리며 웃었다. 아이들도 따라 웃었다. 아이들의 웃음소리가 그치지 않자 원장이 '딱' 소리가 나게 손을 마주쳤다. 속을 들킨 것이 민망한지 아이들의 몸이 굳었다.

원장은 성적표와 제출한 학습 습관을 고려해 방 배정을 했다며 이름을 부르기 시작했다. 나의 룸메이트는 수다쟁이 혜나였다. 2주 후에 성적에 따라 방을 바꾼다는 원장의 말이 없었다면 혜나에게 입 좀 닥치라고 소리쳤을 것이다.

"수연이가 민지를 선택한 이유가 뭘까? 민지네 아빠가 검사라던데 혹시 비밀 거래가 있었던 게 아닐까?"

혜나는 침대에 걸터앉으며 중얼거렸다.

"그런 데 신경 쓸 시간 있으면 문제집 한 장이라도 더 풀지 그래?"

내가 드러내 놓고 싶은 내색을 하자 혜나가 입을 비죽댔다.

"나도 수연이랑 같은 방 쓰고 싶다. 넌 안 그래? 민지보다 성적은 내가 더 좋은데……."

물고 있던 사탕이라도 빼앗긴 것처럼 혜나가 억울한 표정을 지었다.

아침 6시부터 숨도 쉴 틈 없이 진행되는 수업에 아이들은 사흘도 안 돼 가뭄 맞은 상추처럼 시들시들해졌다. 수연이는 수능에서 주안점을 두어야 할 사항을 조목조목 짚어 주었다. 수연이 옆에 있을 수 있다면, 수연이의 손길이 닿는 눈썹 도장이 되어도 괜찮을 것 같았다.

10등이던 민지의 성적은 바로 상승 곡선을 탔다. 7등, 5등, 3등으로 오르더니 일주일 되는 날엔 2등까지 올라섰다. 그때마다 만점 노트를 갖고 싶은 욕심에 속이 들끓었다.

"성적이라도 올라야 수연이 옆에 계속 있으니까 기를 쓰고 하는 거지 뭐."

민지 성적이 뛰어도 아이들은 크게 신경 쓰지 않았다. 민지를 선택한 이유가 성적 때문이 아니라는 걸 알기에 아이들은 성적 올리는 일보다는 어떻게 수연이 눈에 띌 것인가에 더 열을 올렸다.

아이들은 수업 시간이든 점심시간이든 수연이와 눈이라도 한 번 맞추려고 필사적이었다. 공연히 수연이 앞에 알짱거리기도 하고, 과목 담당 선생님이 뒤로 넘어갈 만큼 난감한 질문으로 수연이를 웃게 만드는 아이도 있었다.

하루에 한 과목씩 쪽지 시험과 간단 모의고사를 치러야 했고 오후 6시면 강의실 칠판에 1등에서 50등까지의 등수가 적힌 종이가 붙었다. 그때마다 지옥과 천당을 오가는 기분이었다. 매번 내 성적은 10등 안팎을 오락가락했기 때문이었다.

매일 밤 5등 안에 든 아이들은 원장과 선생들 눈을 피해 수연이 방 앞에 죽치기도 하고 몰래 선물 같은 걸 건넸다. 수연이 방에 몰래 들어갔다가 벌점 방에 갇히는 아이들도 생겼다.

"쟤들 완전 베프 같지 않아?"

혜나가 맞은편에서 키득거리는 수연이와 민지를 가리켰다. 입이 귀에 걸릴 만큼 당당한 수연이의 웃음에 비하면 민지의 웃음은 어딘가 어색했다. 마치 수연이 비위를 맞추기 위한 억지웃음 같았다.

"룸메이트니까 당연하지."

내 말에 혜나가 잔뜩 눈을 흘겼다. 점점 짙어지는 민지의 눈섭 화장에 신경 쓰여 혜나 말은 귀에 들어오지도 않았다. 같은 방을 쓰면 얼굴까지 서로 비슷해지는 걸까. 민지가 수연이를 닮아 가는 게 아니라, 수연이가 점점 민지와 비슷해지고 있었다. 그러고 보니 요즘 수연이의 말투도 확실히 민지를 닮아 가는 것 같았다. 민지는 흐릿한 얼굴선을 감추려는 듯 볼 터치가 진해지고 코의 윤곽선을 살리기 위해 콧방울까지 갈색 아이섀도를 진하게 덧발랐다.

"민지 너무 열심히 하나 봐. 얼굴이 반쪽이야."

"수연이처럼 되려고 죽어라 하는 거지 뭐. 새벽에도 불이 켜져 있대. 도란도란 말소리도 들리고."

아이들의 수군거림에 자기도 민지만큼 공부하는데 왜 코피 한 번 안 나는 건지 모르겠다며 혜나가 제 얼굴을 소리 나게 때렸다. 민지가 이틀 전 모의고사에서 1등으로 올라선 것 때문에 혜나는 더욱 약 올라 했다. 원장의 장담대로 정말 민지가 1등을 한 것이다. 들키지 않으려고 기를 썼지만 혜나만큼이나 나도 민지가 부러웠다.

"책만 들입다 판다고 나올 성적이 아니야. 순전히 그 노트 때문인데 제가 잘나서 그런 줄 안다니까. 완전 밥맛이야."

혜나가 손부채질을 하며 "푸우 풋" 입김을 뿜어냈다. '달리기 잘하는 아이랑 같은 방 쓴다고 잘 달리는 건 아니잖아?' 그 말이 목구멍에 걸렸다.

수연이를 따라 민지도 뭉그적거리며 자리에서 일어섰다. 며칠 사이에 민지 얼굴은 눈에 띄게 어두워졌고, 눈빛도 심하게 흔들렸다. 내가 민지라면 좋아 죽을 것 같은데 그렇지 않은 걸 보면 수연이와 사이가 삐걱대는 건지도 몰랐다. 그 생각만으로도 가슴이 떨렸다.

"민지 없어지면 그 방에 누가 들어갈까?"

눈을 반짝이며 혜나가 혀로 입술을 훔쳤다. 혜나는 3등과 5등 사이를 왔다 갔다 했다. 성적으로라면 내가 수연이 방에 갈 확률은 거의 제로였다. 2주 안에 5등 안으로 끌어올리는 게 더 급했다. 현실은 갑갑했고 기적은 너무 멀었다.

"민지가 쓰러졌으면 좋겠어. 그럼 나한테도 기회가 올 텐데……."

혜나는 책상 앞에 서서 두 손을 맞잡고 기도를 시작했다. 그건 밤마다 벌이는 혜나의 의식이었다. 말로는 성적 오르게 해 달라고 빈다고 했지만 뭘 비는 건지는 들어보지 않아도 뻔했다.

혜나의 기도가 현실이 된 것은 이틀 뒤였다.

"내 얼굴 돌려줘. 돌려 달라고!"

갑자기 민지가 달려들며 수연이의 얼굴을 손톱으로 할퀴었다. 교실 안은 순식간에 아수라장이 되었다. 수연이는 손에 들고 있던 립밤을 내던지고 죽을힘을 다해 민지를 밀쳤다. 민지가 나동그라지며 책상 모서리에 머리를 찧고 쓰러졌다.

아이들이 민지를 둘러쌀 동안 수연이는 볼을 감싼 채 교실을 빠져나갔다. CCTV를 보고 있었는지 원장과 양호 선생님이 사색이 되어 뛰어왔다. 양호 선생님이 양쪽 겨드랑이에 팔을 넣고 짐짝처럼 민지를 질질 끌고 나갔다.

술렁대던 아이들이 언제 그랬냐는 듯 책을 펼쳤다. 혜나가 책상에 얼굴을 파묻은 채 어깨를 들썩였다. 히죽거리는 얼굴을 들키고 싶지 않아서일까?

방에 들어오자마자 혜나는 감사 기도를 올리는지 창문 앞에서 비손을 하고 있었다.

"어제 민지 쓰러진 거, 수연이 때문일지도 모른대."

"수연이가 공부 안 한다고 두들겨 패기라도 했대?"

혜나는 뒤도 돌아보지 않고 꽥 소리를 질렀다.

"수연이가 민지 얼굴을 쓰다듬으면 눈썹이 옅어지고 콧대가 주저앉는다는 거야. 민지가 화장을 진하게 하는 것도 다 그래서라고 아이들이 수군대던데?"

"말도 안 돼. 민지가 수연이처럼 보이려고 비슷하게 화장한 거라고."

혜나가 고개를 젓는 것도 모자라 펄쩍 뛰기까지 했다.

"그제 밤엔 옆방 애가 이상한 소리도 들었대. 12시 지나 복도 에서 슬리퍼 끄는 소리가 계속 났다고."

내가 방문 쪽을 흘끔거리며 말했다. 비명은 안 질러도 얼굴색 정도는 바뀔 줄 알았는데 혜나는 눈빛 하나 흔들리지 않았다. 겁 은커녕 되레 민지를 헐뜯는 말투였다.

"시험 성적이 떨어지니까 민지가 이상한 말 만드는 거야. 수 연이한테 덤터기 씌우려고."

혜나 말이 아예 틀린 건 아니었다. 쪽지 시험에 민지가 12등 으로 떨어져서 수연이가 전에 없이 짜증을 냈다. 왜 자꾸 시키는 대로 하지 않느냐고 성질까지 부렸다.

"민지 얼굴이 점점 이상하게 변하는 건 어떻게 설명할 건데? 정말 아이들 말처럼 수연이가 이상한 약 먹이는 건지도 몰라."

"너 강남 가 봐. 여자들 얼굴 다 비슷비슷해. 그사이 얼마나 잘해 줬는데 수연이한테 대들질 않나, 은혜를 그런 식으로 갚는 건 좀 그렇지 않니? 그러다 수연이 학원 나가겠다고 그럼 어떡 할 건데? 분위기가 더 이상해지기 전에 민지 같은 애는 빨리 없어져야 해.”

혜나 목소리에 잔뜩 힘이 실렸다. 대변인이라도 된 듯 수연이 편을 드는 혜나가 눈꼴시었다. 민지가 없어진다고 네가 그 방에 들어갈 수 있을 것 같아? 삐딱한 마음이 들킬까 얼른 창문 쪽으로 고개를 돌렸다. 창문 너머로 검은 숲이 보였다. 땅거미가 몰려들 시간이어서 그런지 숲은 어두컴컴했다.

성적은 제자리걸음이고, 혜나가 민지 자리를 꿰찰 것 같아 가슴이 답답했다.

이틀 뒤 민지 엄마가 의사와 함께 기숙 학원에 쳐들어왔다.

“원장 나와. 당장 안 나오면 여기 문 닫게 할 거야.”

민지 엄마는 거친 숨을 몰아쉬며 험악한 말을 쏟아 냈다. 아이들이 뛰어나왔고 몇몇 아이는 몰래 동영상을 찍었다. 그 소란 중에도 원장과 수연이는 두런두런 이야기를 나누며 걸어 나왔다. 지켜보는 내가 더 조마조마했다. 며칠 전 민지에게 긁힌 수연이의 얼굴은 상처 하나 없이 말짱했다. 눈썹은 더 짙어졌고 얼굴은 광채가 날 정도로 반질반질했다. 말라가던 잎사귀가 생기를 되찾은 것처럼. 이틀 사이에 더 예뻐졌다며 혜나가 아부를 떨었다. 아이들에게 둘러싸여 시시덕거리는 수연이를 보자 민지 엄마는 머리채라도 잡을 기세로 팔뚝을 걷어붙였다.

"애가 수연인가요? 애랑 같은 방 쓰면서 민지가 완전히 딴 애가 됐어요. 예전의 내 딸이 아니라고요. 너, 도대체 우리 민지한테 뭔 짓을 한 거니?"

밤마다 복도에서 이상한 소리가 들리고, 눈썹이 빠지고 얼굴이 없어진다며 민지가 울고불고했다는 민지 엄마의 말에 아이들이 웅성거렸다.

"무슨 말씀이세요. 오히려 민지 때문에 학원의 피해가 얼마나 큰데요. 밤마다 유령처럼 쏘다니질 않나, 수연이 얼굴을 할퀴질 않나. 손해배상은 우리가 받아야 할 판이에요."

민지 엄마가 길길이 날뛰는데도 원장은 얼굴빛 하나 바뀌지 않았다.

"지금 우리 민지를 정신병자로 모는 거예요? 나 참, 기가 막혀서."

팽팽하게 맞서는 두 어른을 보며 수연이는 웃음을 참는 것처럼 입을 앙다물었다. 저렇게 독하니 지금의 송수연이 있는 거겠지. 원장이 아이들을 둘러보며 목소리를 가다듬었다.

"우리 수연이가 얼마나 잘해 줬는데, 민지 말만 듣고 나쁜 애 취급하는 건 듣기 거북하네요."

원장 말에 몇 아이는 고개를 끄덕였고 몇 아이는 수연이를 에

워쌌다.

"민지가 1등 한 건 순전히 수연이 때문이잖아?"

"맞아. 쟤 들어올 때부터 좀 이상했어. 안 그래?"

아이들은 작정이라도 한 듯 민지를 헐뜯기 시작했다. 민지 자리가 자기에게 오지 않을까 하는 기대로 아이들의 눈이 번들거렸다. 손가락으로 눈썹을 만지던 수연이가 얼굴을 돌렸다. 그 잠깐 사이 나는 수연의 얼굴이 묘하게 일그러지는 걸 놓치지 않았다.

"민지가 귀신을 봤다던데 너희들이 민지 쫓아내려고 장난친 거 아냐?"

민지 엄마가 악에 받쳐 아이들을 다그쳤다.

"귀신이 있다고 소문낸 건 민지였어요. 민지가 이상한 얘기를 자꾸 해서 우리가 얼마나 무서웠게요."

"귀신 소리가 들린다며 새벽마다 복도를 어슬렁댔어요. 슬리퍼를 질질 끌면서요."

"민지가 잠옷 차림으로 숲에 가는 것도 봤어요. 그날부터 난 연못 쪽을 쳐다보지도 못해요."

내기라도 하듯 아이들이 민지 얘기를 떠들어 대자 민지 엄마도 주춤했다.

"애들아, 그만해. 민지 어머니, 오래전부터 이 동네에 달걀귀신이 있다는 소문이 있긴 한데요, 요즘 같은 세상에 누가 그런 말을 믿겠어요? 소심하고 마음 약한 민지가 저 혼자 겁먹고 그런 것 같은데……. 그래도 의사 선생님, 밤마다 유령처럼 돌아다니는 건 정상이 아닌 거죠?"

원장이 의사 쪽으로 몸을 돌리며 의뭉스럽게 물었다.

"공부 스트레스가 심하면 헛것을 보기도 하고 현실에서 벗어나고 싶다는 무의식이 선망증이나 초기 몽유병 같은 병증으로 나타나는 아이가 더러 있긴 하지만……."

말끝을 질질 끌며 의사는 민지 엄마 눈치를 살폈다.

"당신까지 왜 이래? 원장한테 얻어먹은 거라도 있는 거야?"

한통속이냐며 민지 엄마가 의사의 멱살을 잡고 늘어졌다. 아이들이 기겁해서 슬금슬금 뒷걸음질 쳤다.

잠시 후 양호 선생님 손에 이끌려 민지가 나타나자 험악하던 분위기가 이내 수그러들었다.

앰뷸런스 차창으로 보이는 민지의 눈동자는 겁에 질려 있었다. 나와 눈이 마주치자 민지는 손가락으로 연못을 가리켰다.

"21세기에 달걀귀신이라니, 민지 쟤 진짜 미친 거 아냐?"

나를 빤히 쳐다보며 혜나가 이마를 찡그렸다. 귀신 어쩌고 하는 아이들의 속삭임이 들렸지만 나한테는 아무것도 들리지 않았다. 수연이의 방에 누가 들어갈까? 나한테도 기회가 올까? 온통 그 생각뿐이었다.

그날 이후 창문 쪽으로 자꾸 눈이 갔다. 새벽이면 연못에서 피어오른 물안개가 창문에 달라붙어 바깥 풍경이 흐릿했다. 민지는 왜 연못 쪽을 가리킨 걸까?

"민지, 정신과 치료 받는대."

누군가 물어 온 소식에도 아이들은 시큰둥했다. 오히려 수연이랑 같이 방 써 봤으니 그게 어디냐는 쑥덕거림이 더 컸다.

민지가 떠나고 언제 그런 일이 있었냐는 듯 모든 게 다시 제자리를 찾아갔다.

수연이가 우리 방에 온 것은 며칠 뒤였다. 수연이가 방에 들어서며 처음 한 말은 불 좀 꺼 달라는 것이었다. 불빛이 피부에 안 좋다면서.

"연못으로 여덟 시까지 나올래? 너만."

"나?"

이렇게 더운 날 긴팔 후드티라니? 검은 마스크에 가려져 수연이 얼굴은 보이지도 않았다. 수연이는 방 안을 두리번거리다가 내 책상 옆으로 다가왔다.

"너 강유진이지?"

얼떨결에 고개를 끄덕였다. 혜나에게 했던 말을 지금이라도 취소해 주길 바라면서 간절한 눈빛을 보냈다. 어두워서 수연이를 볼 수 없는데도 말이다.

수연이가 사라지자 바로 불을 켰다. 그때까지도 혜나는 얼빠진 얼굴로 주저앉아 있었다.

"방금 수연이 맞지? 나한테 보자고 한 거 맞지? 이거 꿈 아닌 거 맞지?"

혜나는 '맞지?'라는 말을 세 번이나 반복했다. 그렇다는 말에 혜나가 미친 듯 달려와 내 목을 끌어안았다.

"수연이가 날 불렀어. 자기랑 같은 방 쓰자는 말 하려는 걸 거야."

귓불에 닿는 더운 입김이 혜나만큼이나 짜증 났다. 혜나를 냅다 떠다밀었다. 질투하냐며 혜나가 입을 실룩댔다. 왜 내가 아니고 혜나냐고! 10분마다 몇 시냐고 물어보는 게 밉살스럽다 못해 가증스러웠다.

혜나도 수연이도 보충 수업에 들어오지 않았다. 수업 시간 내내 집중할 수 없었다. 온 신경이 문 쪽으로 쏠렸다. 수연이가 잘못 말한 거라고 했기를, 혜나가 죽상을 하고 돌아오기를. 혜나의 기도처럼 내 기도도 들어주기를 바라고 또 바랐다. 최악의 점수로 쪽지 시험마저 망쳤다.

방에 돌아오니 벌써 혜나가 와 있었다. 수연이 방에 가기로 했냐는 내 말에 혜나는 "아니" 하고 뒤도 돌아보지 않고 말했다.

"왜? 민지도 없는데?"

"내가 싫다고 했어. 민지 흔적이 남은 방에 너 같으면 가고 싶어?"

이상한 말로 어물쩍댔지만 뭔가 다른 이유가 있는 게 분명했다. 얼마 전까지만 해도 수연이가 같은 방 쓰자고 부른 거라며 좋아하더니, 뜨악했다.

"이 방 나갈 때까지 평균 99점 만들 거야."

혜나는 책에 머리를 파묻고 99점에 잔뜩 힘을 주었다.

"그게 마음먹는다고 되는 일인가 뭐. 너 혹시 나 모르는 비밀 있지?"

내가 책상 쪽으로 다가서자 혜나가 기겁하며 노트를 감췄다. 수연이의 '만점 노트'가 분명했다. 그 후 혜나는 화장실 갈 때도 들고 가고, 서랍 속에 넣은 후에는 잠금장치의 비밀번호를 꾹꾹 눌렀다. 그때마다 노트를 훔치거나 찢어 버리고 싶은 마음에 속이 부글부글 끓었다.

5시 반에 맞춰진 알람 소리에 일어나면 혜나는 어김없이 책상 앞에 앉아 있었다. 마치 새벽 기도를 올리는 수녀처럼 혜나는 경건했다.

"또 밤 샜어? 안 졸려?"

"네버, 전혀……. 이상하게 새벽이면 더 정신이 맑아진다니까."

"너 정말 대단하다."

내가 진짜 하고 싶은 말은 따로 있었다. 나도 수연이 좀 만나게 해 주면 안 될까? 뭉그적대다 나한테는 기회조차 오지 않는 건 아닐까 싶어 속이 달았다.

"거기 들어가면 성적이 오를 줄 알았더니……. 어떻게 된 거니? 공부는 안 하고 딴짓하는 건 아니지?"

전화기 속 엄마는 성질 돋우는 말만 했다. 겨우 일주일에 한 번 허락된 전화에서 고생한다는 말은커녕 공부, 공부 하는 엄마한테 넌덜머리가 났다. 엄마라면 잘 지내냐는 말부터 해야 하는 것 아닌가? 가뜩이나 제자리걸음인 성적에다 혜나한테 수연이를 빼앗겨 머리 터질 것 같은데, 엄마는 너덜너덜해진 살에 소금 끼얹는 말로 내 속을 뒤집었다.

엄마와 전화하는 내내 혜나가 할끔할끔 나를 훔쳐봤다. 왜 남의 전화에 귀를 쫑긋대는데? 재수 없게.

"혜나는 어떻게 그렇게 빨리 성적이 올랐다니……. 너 공부 잘하게 해 달라고 새벽 기도까지 다니는데, 성적은 안 오르고. 내가 속상해서……."

엄마는 휴우, 한숨을 내쉬고는 사촌인 유신이가 학원에서 친 모의고사에서 또 1등 했다며, 어제는 할머니한테 불려 가서 딸 내미를 그렇게 물렁하게 키우면 어떻게 하냐는 잔소리를 두 시간 넘게 들었다고 했다.

유신이와 할머니 얘기로 나를 더 몰아세우려 그런다는 걸 누가 모를 줄 알고? 혜나만 없어진다면, 그러면 나한테도 기회가 오지 않을까? 혜나의 뒤통수조차 꼴 보기 싫었다.

"엄마는 우리 딸 믿어. 우리 집안이 공부 머리는 타고났잖아. 그 피가 어디 가겠니?"

"내 공부는 내가 알아서 하니까 신경 꺼."

내 말투라고 고울 리 없었다.

'죽을 만큼 하는데도 안 되는데 나더러 어쩌라고!'

나는 들고 있던 샤프를 바닥에 내동댕이쳤다. 그래도 분이 풀리지 않았다. 정말 억울하고 분해서 팔짝 뛸 것 같았다. 나는 죽을 만큼 애썼다. 불빛이 새어 나가지 않도록 스탠드를 켜고 이불

속에서 숨죽이며 인강을 듣고 예상 문제집을 풀었다.

"무지막지 공부하는데도 성적이 안 오른다는 건 너한테 문제
가 있다는 거야. 공부는 노력이 아니라 요령이라는 걸 수연이랑
몇 분만 얘기하면 아는 건데."

혜나가 혀까지 끌끌 찼다. 그럴 때마다 가슴 한복판에 비수가
꽂히는 기분이었다. 염장을 지른다는 게 이런 걸까? 영어 단어
를 외우는지 혜나는 연신 입을 오물거렸다. 못 들은 척 엉큼하게
구는 게 더 얄미웠다.

"수연이 방에는 진짜 안 갈 거야?"

"그런 데 신경 쓸 시간 있으면 문제집 한 장 더 풀어라."

혜나가 콧등을 찌푸리며 비죽비죽 웃었다.

쪽지 시험에 만점을 맞고, 이틀 전 모의고사에서 전 과목 통
틀어 두 개만 틀리자 혜나의 어깨는 10센티미터쯤 올라갔다. 드
러내 놓고 수연이 옆에 알짱거렸고 수연이 역시 혜나와 낄낄거
리는 시간이 늘어났다. 그래서인가? 수연이는 콧소리 나는 말투
와 왼쪽 어깨를 살짝 올리는 제스처까지 점점 혜나를 닮아 갔다.
혜나도 눈썹 화장이 점점 진해지고 어울리지 않는 와인색 립밤
으로 입술을 도드라지게 칠하기 시작했다.

"이젠 얘기 좀 해 줄래?"

"뭘?"

"'만점 노트' 그런 게 정말 있어?"

"족집게 과외 한다고 성적이 올라가니? 결국 공부는 혼자 하는 거야."

쫑알대는 혜나의 입술을 확 비틀고 싶었다.

'하여튼 여우야.'

수연이가 줬다는 수분 크림을 얼굴에 찍어 바르며 혜나가 다시 어깨를 들썩였다.

'얼굴이 망가져도 좋으니까 성적 좀 올랐으면 좋겠다.'

왜 그렇게 죽자 살자 공부하냐고 짝꿍이 물은 적 있다. 간신히 2등급에 턱걸이하는 짝꿍의 수준에 딱 맞는 바보 같은 질문이었다. 1등은커녕 1등급 근처에도 가 보지 못한 인간이 뭘 안다고? 1등보다 값진 2등? 결과보다 과정이 더 중요한 거라고? 웃기지 말라고 해. 그런 건 평생 남의 들러리나 하며 살 루저들이 자기들끼리 위로하느라 지어낸 말이야. 세상은 말야, 1등이 아니면 기억해 주지 않아. 피를 섞은 가족한테조차 1등 아니면 밟히는 세상이라고.

다른 건 둘째치고 사촌 유신이한테 밀리는 쪽팔림만큼은 어떻게든 끝내고 싶다. 지금 내가 잡을 수 있는 마지막 끈은 수연이뿐이라는 생각에 미칠 것 같았다.

혜나의 성적은 하루가 다르게 뛰었다. 내가 나막신 신고 달리는 거면 혜나는 뉴발란스 러닝화를 신고 달리는 것 같았다. 죽을힘을 다해도 간격은 좀체 좁혀지지 않았다.

"수연이랑 싸웠어?"

요 며칠 혜나의 행동이 수상쩍었다. 수연이가 혜나를 부르는 것도 뜸해졌고, 혜나 역시 몸이 안 좋다며 번번이 수연이를 피했다.

"너 무슨 일 있지? 만점 노트도 요샌 안 보는 것 같던데."

내가 집요하게 물고 늘어지자 그제야 혜나는 겁먹은 목소리로 말했다.

"나 수연이 방에 안 갈지도 몰라. 수연이한테도 그렇게 말하긴 했는데⋯⋯."

"왜? 무슨 일 있어?"

혜나는 대답 대신 이불에 고개를 묻었다.

교실에서도 수연이와 부딪히면 혜나는 기겁해서 몸을 움츠렸다. 수연이도 혜나를 없는 사람 취급했다.

수연이와 혜나 사이가 삐걱거리면 나한테도 기회가 올까? 어쩌면 일이 술술 풀릴 것 같았다. 혜나와 수연이 사이가 점점 뜨악해질수록 나는 이상한 기대에 들떴다.

"나 오늘 수업 못 가. 선생님한테 대신 말 좀 해 줄래?"

혜나가 이불 밖으로 얼굴을 내밀고 힘없이 말했다. 연일 30도를 웃도는 날씨에 숨 쉬기도 힘든데 이불로 꽁꽁 몸을 싸맨 꼴이라니. 깔끔쟁이가 세수도 안 하고, 수업에 빠지는 횟수도 점차 늘었다.

"어디 아파?"

"그런 것 같아. 몸이 으슬으슬 춥고 침도 잘 안 삼켜져."

그러고 보니 혜나는 아침밥도 먹는 둥 마는 둥 했다. 며칠 사이에 쑥 들어간 퀭한 눈 하며 내려앉은 볼살이 진짜 환자 같았다. '체력이 실력'이라며 홍삼 진액과 영양제를 꼬박꼬박 챙겨 먹던 혜나였다. 지난밤에는 누가 자꾸 훔쳐보는 것 같다며 문제집을 찢어 창문을 가리기까지 했다. 보기만 해도 닳는다면서 야살을 떨던 수학 문제집이었다.

수업 시간 내내 내 몸에 꽂히는 수연이의 시선이 느껴졌다. 가슴이 벌렁거렸다. 이제야 내가 보이는 거니?

방에 돌아왔을 때도 혜나는 여전히 이불을 뒤집어쓰고 있었다.

"양호 선생님 부를까?"

"아니. 좀 쉬면 괜찮을 거야."

혜나는 몸을 일으키며 나를 뚫어지게 쳐다보았다. 오래 앓다 일어난 사람처럼 혜나의 얼굴은 푸석푸석했다.

"너 아직도 수연이 방에 가고 싶어?"

"수연이가 그러자고 하면 당연하지."

혜나가 흠칫해서 눈을 내리깔았다.

"네가 생각하는 것처럼 좋은 애가 아닐지 몰라."

혜나가 기어 들어가는 목소리로 간신히 말을 이어 갔다. 쏘아 보는 내 눈빛이 거북했는지 혜나가 얼른 고개를 돌렸다. 에어컨 도 틀지 않았는데 방 안 공기가 차갑게 가라앉았다.

"내 눈썹 없어진 것 같지 않아?"

손거울을 들여다보며 혜나가 딴말을 했다.

"아니, 잘 모르겠는데. 내 눈엔 어제랑 똑같아."

"진짜지?"

"그런 거짓말을 왜 해?"

그러나 혜나의 눈썹은 며칠 전보다 옅어지고 꼬리 쪽이 칼로 밀어낸 것처럼 밋밋했다.

"새벽에 보니까 불이 켜져 있던데 늦게 잤어?"

"아닌데. 난 11시쯤 재까닥 자는 스타일이잖아. 너야말로 밤 새 뒤척이던데. 성적 떨어지는 것보다 몸 망치는 게 더 바보 같은 짓이야."

내 말은 듣는 둥 마는 둥 손거울에 바짝 얼굴을 들이미는 혜나 꼴이 눈에 거슬렸다. 절로 이맛살이 구겨졌다.

"눈썹도 없어지고 얼굴도 점점 뭉개지는 것 같아."

혜나가 울먹이며 얼굴을 무릎에 파묻었다. 요즘 들어 혜나는 거의 잠을 자지 않았다. 잠들면 나쁜 일이 벌어질 것 같다며 어젯밤엔 책상 위에 엎드려 쪽잠을 잤다.

이틀 밤을 꼬박 샌 혜나는 열두 시가 한참 지나서야 간신히 잠이 들었다. 끊겼다 이어졌다 발랑대는 숨소리를 들으며 스탠드 불을 낮췄다. 인강을 들으려고 헤드셋을 뒤집어썼다. 이상하게 그런 날은 공부가 더 잘됐다.

"으아악!"

나쁜 꿈이라도 꿨는지 혜나가 벌떡 일어나 이불로 몸을 칭칭 감았다.

"이상한 소리 못 들었어?"

잔뜩 겁먹은 목소리로 혜나가 물었다.

"못 들었는데. 나 한번 잠들면 업어 가도 모르잖아."

혜나가 발끝을 곤두세우고 문 쪽으로 다가갔다. 흐린 달빛 때문인지 혜나의 그림자가 침대 발치까지 드리웠다. 혜나가 불안

한 눈빛을 몇 번이나 보냈지만 난 본 척도 안 했다.

혜나는 몇 번이나 심호흡을 한 후에야 빼꼼 문을 열었다.

문밖으로 고개를 내밀었던 혜나가 뒷걸음질 치다 엉덩방아를 찧었다.

"저 소리⋯⋯."

혜나가 바닥에 주저앉으며 손으로 귀를 틀어막았다.

"왜? 뭔데?"

재빨리 몸을 일으켜 방 밖으로 고개를 쑥 내밀었다. 무릎에 닿은 혜나의 등이 심하게 떨렸다. 복도 끝에서 낮고 음울한 소리가 들렸다.

달그락 딱, 달그락 딱⋯⋯.

똑같은 속도와 일정한 보폭으로 발을 질질 끌며 걷는 슬리퍼 소리! 고개를 길게 뺐다. 머리카락으로 반쯤 가린 얼굴에는 코도 눈도 입도 없었다. 밀가루 반죽을 짓이긴 것 같은 얼굴에 눈이 있어야 할 자리는 시커먼 구멍이 뻥 뚫려 있었다. 온몸에 소름이 쫙 끼쳤다. 몇 발짝 가던 검은 덩어리가 갑자기 몸을 획 돌렸다. 헉, 숨이 멎었다. 눈을 질끈 감고 목구멍까지 올라온 비명을 삼켰다.

"무슨 소리가 난다고 그래? 아무것도 없는데."

나는 쫓기듯 침대로 뛰어가 이불로 몸을 말았다. 벌렁대는 가슴이 좀체 가라앉지 않았다.

다음 날, 자정을 넘긴 시각에 얼굴 없는 검은 형체가 복도를 왔다 갔다 했다는 괴담은 아이들 사이에 안개처럼 스며들었다. 이상하게도 그 검은 형체는 수연이가 나타나자 바람처럼 창문을 넘어갔다는 소문도 함께 돌았다.

점심때, 식당에서 수연이랑 부딪쳤다. 뒤늦게 나타난 수연이에게 자리를 양보하고 맨 뒷줄에 가 섰다. 수연이의 얼굴에 야릇한 미소가 떠올랐다. 더 짙어진 눈썹과 새빨간 입술이 조금도 눈에 거슬리지 않았다. 가슴에 박하 향이 퍼지는 기분이었다.

수업에 필요한 참고서를 챙기는데 혜나가 갑자기 배를 움켜잡고 화장실로 뛰어들어 갔다. 무슨 일이냐고 묻자 혜나가 울음을 참으며 말했다.

"생리 시작되려나 봐. 머리도 아프고 속도 메슥거리고……."

혜나의 말소리가 이불 속에서처럼 웅웅거렸다.

그때 방문 두드리는 소리가 났다. 수연이였다. 마스크를 쓴 후드티 차림이었다. 수연이가 분명한데 어딘가 수연이 같지 않기도 했다. 목소리도 갈라졌다.

"여덟 시에 연못에서 보자. 나올 거지?"

깊게 뒤집어쓴 후드티 때문인지 목소리가 웅웅거림으로 들렸다.

"그, 그게. 그럼……."

혜나가 들을까 봐 자꾸 침대 쪽으로 시선이 갔다. 말은 더듬었지만 포르테로 맞춰진 메트로놈보다 더 빠르게 고개를 끄덕였다. 심장 소리가 들릴까 봐 숨도 쉬지 않았다.

"누군데?"

"옆방 수경이. 문제집 빌려 달래."

화장실에서 나온 혜나는 참을 만하다며 공벌레처럼 몸을 오그렸다. 혜나 때문에 이 기쁨을 누리지 못하면 안 되지. 드디어 나한테도 기회가 왔다고 생각하니 볼이 자꾸 움씰댔다.

"유진아, 수연이가 보자고 그럼 만날 거야?"

마치 엿듣기라도 한 듯 혜나가 신음 섞인 목소리로 물었다.

"왜? 만나면 안 되는 이유라도 있어?"

"수연이의 진짜 모습을 알면 후회할지 몰라."

나를 쳐다보는 혜나 얼굴에 그늘이 졌다. 네 자리를 뺏을까 봐 그러는 거 누가 모를 줄 알고. 나는 갈퀴눈으로 혜나를 째려보았다. 혜나가 무슨 말을 하려다 말고 이불을 뒤집어썼다. 나는 터져 나오는 웃음을 참느라 급하게 입을 막았다.

여덟 시가 다 되어서야 창밖이 어두워졌다. 불빛 환한 강의실이 쥐 죽은 듯 조용했다. 다들 쪽지 시험 때문에 정신없이 문제집을 뒤적이고 있을 것이다. 수연이를 만나는데 그까짓 시험 안 보면 어때? 나는 빠르게 숲길로 접어들었다.

연못으로 가는 숲은 빽빽한 아까시나무와 상수리나무 들로 어둡고 음산했다. 웃자란 덩굴풀들이 얼굴과 팔을 할퀴고 산모기가 종아리를 물어 댔다. 풀벌레 소리조차 낯설고 섬뜩했다. 휴대폰 라이트 앱을 켜도 숲속은 괴괴한 어둠뿐이었다.

다리가 후들거렸다. 내 안에 웅크린 무서움을 쫓으려고 '강유진, 힘내' 하고 계속 중얼거렸다. 하필 왜 이렇게 어두운 밤에 보자는 건데. 원망과 의심은 희미한 물비린내 때문에 이내 수그러들었다. 몇 발 앞이 연못이었다.

동그란 불빛이 비친 연못은 깊이를 감추려는 듯 조용히 일렁였다. 노랑 가시연꽃이 무리지어 피어 있고 어둠에 뒤엉킨 물풀들이 바람도 없는데 휘청거렸다.

"왔네!"

검은 나무 뒤에서 소리가 들리더니 이내 수연이가 나타났다. 후드티와 마스크로 얼굴을 가린 채였다.

"너도 나처럼 되고 싶지?"

나는 거푸 고개를 끄덕였다.

"넌 왜 내가 되고 싶은데?"

"너처럼 1등 하고 싶으니까."

내 말에 수연이의 입꼬리가 살짝 비틀렸다.

"네가 그럴 만한 자격이 있는지 먼저 증명해야 돼."

이렇게 말하며 라이트를 끄라고 했다. 혜나를 보러 방에 찾아왔을 때도 그랬다. 불을 끄자 검은 후드티에 가려졌던 수연이의 얼굴이 해끔하게 드러났다. 빛이 없어서인지 회색 물감으로 덧칠한 것처럼 눈도 코도 입도 뭉그러져 희끄무레했다.

"어떻게 하면 되는데?"

"하나가 없어져야 다른 하나한테 자리가 생기는 건 알지?"

그건 열 살이 지나면서 알게 된 세상의 법칙이었다. 원하는 것을 가지려면 어떤 식으로든 대가를 치러야 하고 필요하다면 가차 없이 밟아야 하고 동정심은 금물이라는 걸.

"그럼 혜나를?"

"보기보단 머리가 좋네."

머리 좋다는 말에 나도 모르게 히죽 웃음이 났다.

"그런데 왜 나야? 다른 아이들도 많은데."

"엄청 절박해 보여서. 이날을 기다린 거 아니었어?"

수연이는 킬킬대며 내 앞머리를 들췄다. 얼굴에 닿는 입김이 에어컨 바람만큼이나 차가웠다.

"네 눈썹 진짜 예쁘다."

수연이는 내 앞에 바짝 얼굴을 들이밀고 손가락으로 눈썹 선을 찬찬히 그려나갔다. 손가락이 지나갈 때마다 몸에서 피가 새어 나가는 것처럼 저릿했다.

죽을 때까지 비밀을 지켜야 한다며, 그걸 어기는 순간 내가 생각하는 것보다 훨씬 무서운 일이 벌어질 거라며 수연이는 몇 번이고 다짐을 받았다. 말할 때마다 역한 물비린내가 났다.

"이틀 안에 할 수 있지?"

"그렇게 할게."

수연이는 그만 가 봐야 한다며 그 일만 끝내면 더 좋은 일이 생길 거라고 속삭였다.

수연이에게서 혜나를 떼어 내는 비책은, 이름과 생년월일을 적은 손수건에 혜나의 생리혈을 묻혀 혜나의 침대 매트리스 안에 넣은 후 새벽 한 시에 연못 쪽을 향해 주문을 외우는 것!

혜나 생일을 아는 건 식은 죽 먹기였다. 기숙 학원에 오던 날이 자기 열일곱 번째 생일이라고 떠벌린 건 혜나였으니까.

제일 좋아하는 꽃무늬 손수건에 '김혜나'라는 세 글자와 생년

월일을 검정색 유성 펜으로 크게 썼다. 혜나의 생리혈은 화장실 휴지통에서 구했다.

"다나제이는너부전의너는나!"

백 번도 더 연습했던 주문을 외우던 새벽, 혜나는 아픈 배를 끌어안고 침대에서 뒹굴었다.

다음 날, 보조 가방에서 겉면을 시트지로 바른 두툼한 노트를 꺼냈다. 아이들 눈이 모두 나에게 몰렸다. 부러움과 질투로 들끓는 저 눈빛들. 어깨가 으쓱했다.

만점 노트에는 과목별로 요점 정리가 되어 있고, 예상 문제와 출제 빈도가 일목요연하게 쓰여 있었다. 노트를 넘길 때마다 감탄사가 절로 나왔다. 이런 일이 나에게 벌어졌다는 게 믿기지 않아 몇 번이나 허벅지를 꼬집었다. 모든 게 완벽했다.

방에 돌아와 보니 책상 위의 수학 문제집과 단어장이 아침 그대로였다. 혜나는 침대 속에서 꼼짝도 안 한 모양이었다. 책상에 앉아 만점 노트를 펼쳤다. 자꾸 웃음이 났다.

"내, 내 얼굴이 이상해. 얼굴이 없어지고 있어."

혜나의 발작이 다시 시작됐다. 반쯤 지워진 눈썹을 쥐어뜯으며 혜나가 자지러졌다. 그칠 것 같던 흐느낌은 점점 비명 섞인 울음으로 바뀌었다. 울음소리도, 슬리퍼를 끄는 듯한 소리도 귀에 들어오지 않았다. 난 혜나를 위해 1분도 빼앗기고 싶지 않았다. 공부에 방해가 되는 건 무조건 없어져야 해.

"혜나가 이상해요."

인터폰으로 연락 받은 원장이 몇 분도 안 돼 뛰어왔다. 원장이 방 안에 들어서는 걸 보자 책상에 바짝 몸을 붙였다.

"수연이가 네 칭찬을 많이 하던데, 정말 열심이구나."

원장이 다정하게 내 머리를 쓰다듬었다. 다른 말은 하나도 안 들리고 수연이가 칭찬했다는 말이 가슴을 가득 채웠다.

원장은 이마에 주름살을 만들며 혜나를 멀거니 쳐다봤다. 원장을 발견한 혜나는 더 크게 소리쳤다. 비명 소리를 듣고 옆 방 아이 몇이 뛰어왔지만 원장이 별일 아니라며 아이들을 내쫓았다.

"엄마한테 전화 좀 해 주세요. 제발."

원장은 발버둥치는 혜나를 끌어안았다. 혜나가 원장의 어깨 너머로 눈알을 굴렸다. 아이들이 없다는 걸 확인하고서야 혜나가 떨리는 목소리로 원장에게 속살거렸다. 드문드문 수연이 어쩌고 귀신 어쩌고 하는 말소리가 들렸다.

"달걀귀신? 얘가 제정신이 아니네."

원장은 기겁해서 혜나를 밀어냈다. 혜나가 도와달라고 매달렸지만 원장은 혜나 휴대폰까지 뺏어 들고 방을 나갔다. 혜나의 울부짖음은 새벽녘까지 이어졌다.

다음 날, 교실로 들어오는 혜나를 원장과 선생님이 막아섰다. 혜나는 맥없이 2층 기숙사로 돌아갔다. 그 와중에도 나는 형광펜으로 그어진 부분을 반복적으로 읽었다. 푸는 데 시간이 걸리는 문제는 무조건 외웠다.

다음 날은 수학, 그다음 날은 과학……. 노트를 보는 동안 나는 점점 '수연'이 되어 갔다. 이상한 건 그런 내가 하나도 이상하지 않다는 거였다.

"그 노트 수연이 거 아니라는 거 너도 알지?"

"그래? 근데 그게 뭐?"

"우리가 알던 수연이가 아닐지도 모르는데. 넌 안 무서워?"

혜나가 떨리는 입술을 세게 깨물었다.

"1등 하는 게 중요하지 그딴 건 관심 없어."

내 말에 혜나 눈이 흔들리며 점점 커졌다.

이틀 뒤 나는 시험지를 보고 기절하는 줄 알았다. 형광펜으로 칠해진 부분이 모두 문제로 출제된 것이었다.

당당히 2등으로 올라간 날, 검은색 승용차가 기숙 학원 안으로 들어왔다. 혜나 엄마가 허둥대며 승용차에서 내렸다. 엄마 품에 안겨서도 혜나는 빨리 가자며 발버둥을 쳤다.

자가용에 올라탄 혜나는 차창 안에서 나를 오랫동안 쳐다보았다. 멍한 혜나의 눈빛은 자가용이 손톱만 한 크기로 줄어들 때까지 내 몸에 달라붙었다. 내 휴대폰으로 몰래 엄마에게 전화한 걸 나중에야 알았다.

그날 자정 무렵, 수연이가 방에 찾아왔다. 며칠 사이 수연이의 얼굴은 몰라보게 달라져 있었다. 눈, 코, 입이 으깨진 두부처럼 뭉개져 징그럽고 기괴했다. 이렇게 가다가는 복도를 걸어 다니던 그 검은 덩어리처럼 얼굴 없는 귀신이 될 것 같았다.

수연이가 바짝 다가섰다. 순간 심장이 멎었다. 나는 얼른 눈에 잔뜩 힘을 주었다.

"내 이름은 진실이야, 오진실."

"네가 수연이든 진실이든 난 상관없어."

수연의 눈에 기묘한 웃음이 고였다.

"이제 수연이는 어떻게 되는데?"

"예전 얼굴을 되찾겠지만 멍청한 수연이로 돌아가는 거지. 왜, 너도 그렇게 될까 봐 걱정 돼?"

뭉개진 입술을 비틀며 수연이가 빙긋 웃었다. 나도 마주 웃어주었다.

"네 눈썹 진짜 예뻐. 없어지는 게 아까울 정도야."

눈썹 위로 수연이의 차가운 손가락이 훑듯이 지나갔다. 숲을 비추던 가로등 불빛에 수연이의 얼굴이 덩어리져 보였다.

"내 얼굴이 되어 주지 않을래? 수연이 얼굴이 지겨워졌거든."

'눈썹이 없어지는 것도, 얼굴이 없어지는 것도 난 괜찮아. 난 너처럼 1등이 될 거니까.'

나는 그 말을 꿀꺽 삼켰다. 창문에 비친 수연, 아니 진실이가 내 눈썹을 만지며 키득키득 웃었다.

돌멩이

"퍽!"

정확하게 강우의 뒤통수를 겨냥한 돌멩이였다.

"강우가 쓰러졌어!"

곧 날카로운 소리가 공기를 갈랐다. 말벌의 습격을 받은 벌떼처럼 아이들이 교실 여기저기에서 쏟아져 나왔다. 누가 나발을 불었는지 교무 주임 선생님과 뒤이어 담임 선생님이 나타났고 곧이어 우왕좌왕하던 대열에 커다란 구멍이 뚫렸다. 아이들이 길을 만들었고, 곧 담임 선생님이 강우를 업었다.

구령대 뒤에서 지켜보고 있던 나는 슬그머니 아이들 틈으로 섞여 들어갔다.

"강우에게 돌을 날린 놈이 누굴까?"

누군가의 말에 아이들이 웅성대기 시작했다.

"전교 2등 찬기 아닐까? 번번이 강우한테 1등을 빼앗기니까 열 받아서."

"말이 되는 소리를 해라. 벌건 대낮에 돌멩이나 던지는 멍청한 머리로 어떻게 전교 2등을 하나?"

아이들이 범인이 누군지를 두고 온갖 추리를 해 댔다.

"저 새끼, 쇼 하는 것 아냐? 저거 봐, 안 떨어지려고 담탱이 목에 완전 대롱대롱 매달려 있잖아?"

아이들이 일제히 나를 노려보았다.

"더위 먹었냐? 강우 절친이 웬 망발!"

"더위는 무슨, 드디어 본색이 드러나는 거지. 음흉한 놈!"

반장인 재환이가 나를 쏘아보았다. 얼마 전부터 강우한테 착 달라붙더니 대놓고 나를 깔아뭉갰다.

"내가 음흉하면 넌 얍삽한 거고?"

내가 입꼬리를 말며 빈정댔다.

"뭐, 너 말 다했어?"

"다했다 그러면 어쩔 건데?"

재환이 나를 향해 주먹을 뻗었다.

몸을 틀면서 재환이를 밀쳐 냈다. 그 바람에 재환이가 휘청대며 엉덩방아를 찧었다. 뜨악한 얼굴을 한 아이들 한가운데를 뚫고 나는 유유히 걸어나갔다. 보란 듯이 팔까지 건들거리며. 뒤통수에 꽂히는 따가운 눈총 따윈 개의치 않았다.

강우의 책상 위에는 수학 교과서와 얇은 노트가 놓여 있었다.

내가 뽑아 준 예상 문제들이 적힌 노트였다. 1초도 망설이지 않고 노트를 찢었다. 갈기갈기 찢긴 조각들을 공중에 날렸다. 바닥으로 나풀거리며 떨어지는 종잇조각보다 가벼운 사이, 인정하지 않고 싶지만 그게 사실이었다.

강우와 나는 유치원 동창이었다. 같은 아파트 아래 위층에 살았고, 같은 유치원에 다녔다. 우리는 같은 우유를 마셨고, 같은 장난감을 가지고 놀았고, 같은 동화책을 읽었다. 강우는 자기네 집에서보다 우리 집에 있는 걸 더 편안해 했다.

"우리가 쌍둥이면 좋을 텐데. 안 그래?"

그렇게 말한 것도 강우였다. 심지어 강우는 나랑 똑같은 글씨체를 가지고 싶어 했다. 내 일기장을 따라 쓴 지 두 달도 안 돼 내가 봐도 헷갈릴 만큼 똑같이 써냈다. 강우의 그런 노력에 감동한 나는 5학년 방학 일기를 대신 써 주었다. 어차피 강우와 나는 아침부터 잠자기 전까지 똑같은 일상을 보냈기 때문에 힘든 일도 아니었다. 심하게 마른 강우에 비해 내가 체중이 1.5배 더 나간다는 것 빼고는 우리는 점점 닮아 갔다.

엄마들도 우리만큼 친했다. 놀이공원 갈 때도, 여름휴가 때도 같은 장소에서 같은 음식을 먹었다. 우리는 한 가족이나 다름없었다.

3학년 때 모 방송국의 〈영재 만들기 프로젝트〉에 나간 후부터 나한테는 수학 천재라는 별명이 생겼다. 올림피아드는 물론 수학 경시대회에서 따 온 메달들은 우리 집 거실장 안에서 훈장처럼 번쩍였다. 우리 집에 올 때마다 강우가 제일 오래 머무는 곳도 거실장 앞이었다.

"태석아, 넌 좋겠다."

"뭐가?"

"수학 천재잖아."

"무슨 천재씩이나? 다른 애들보다 조금 잘하는 것뿐인데."

"나도 너처럼 공부, 아니 수학 좀 잘했으면 좋겠다."

잔뜩 풀 죽은 얼굴로 말해서 처음엔 잘못 들었나 싶었다. 수학처럼 쉬운 게 어디 있다고? 나는 강우처럼 그림을 잘 그리고 싶었다.

"너도 남만큼 하잖아? 진짜 공부는 중학교 가서 해도 된대."

내 말에 녀석은 고개를 떨궜다.

"나 요즘 선행 학원 다니는 거 모르지?"

"왜 몰라? 너희 엄마가 엄마한테 같이 보내자고 얼마나 졸랐는데……. 내가 가기 싫다고 우겼어. 학원 다니는 건 재밌어?"

"아니. 난 아무래도 기초가 부족한가 봐. 형처럼 특목고 가려면 수학을 잘해야 한다는데."

강우 형은 올봄 특목고에 전체 수석으로 입학했다. 나라 안의 내로라하는 수재들이 모이는 학교였다. 그 학교의 졸업장 하나면 하버드도 예일대도 그냥 들어갈 수 있다고들 했다.

"난 똑똑한 형 있으면 좋을 것 같은데……."

싸늘하게 굳어지는 강우 얼굴을 보고 얼른 입을 다물었다. 언제부턴가 강우랑 있을 때는 진우 형 이야기를 꺼내지 않게 되었다.

"같이 수학 공부할까?"

"정말 그래도 돼?"

강우가 몇 번이고 확인하고서야 얼굴이 환해졌다. 함께 공부하면서 알게 되었다. 강우는 천재가 되기에는 2퍼센트 부족했다. 한마디로 공부 요령이 없었다. 내가 타고난 직관파라면 강우는 우직한 노력파, 공붓벌레였다.

"이번 올림피아드에도 나가지?"

"아마도. 우리 엄마는 상장 모으는 게 취미인가 봐."

"나도 올림피아드 가고 싶다."

내 말이 자랑처럼 들렸는지 강우가 혼잣말로 웅얼거렸다.

그날부터 거실장의 상장과 트로피를 쳐다보는 강우의 눈빛이 자꾸 마음에 걸렸다. 나한테는 쉬운 일이 강우한테는 소원이라니. 강우를 위해 몇 가지 계획을 세웠다. 강우와 나의 글씨가 똑같아서 가능할 일이었다.

"강우야, 내 수학 시험지에 네 이름 쓸 테니까……."

"그건 나쁜 거잖아?"

걱정 섞인 목소리였지만 강우의 눈빛이 야릇하게 흔들렸다. 그달 시험에서 강우는 당연히 100점을 맞았고, 나는 80점을 맞았다.

"열심히 공부하면 누구나 강우처럼 만점을 맞을 수 있어."

담임 선생님은 조회 시간에 노력하면 누구나 100점 맞을 수 있다며 강우를 우쭐하게 만들었다.

"태석인 웬일이니? 맨날 100점이더니 80점, 선생님이 잘못 채점한 줄 알고 다시 했잖아."

"계산을 잘못했더라고요."

"다음엔 실수하지 마라."

칭찬은 고래도 춤추게 한다더니 그날 이후 강우는 매일 우리 집에 왔다. 강우와 수학 문제집을 풀면서 초등학교 수학은 너무 시시하다는 걸 계속 확인할 뿐이었다. 내가 올림피아드에 나가려는 이유도 그것 때문이었다. 미적분, 3차 방정식, 이런 걸 풀

때는 가슴이 터질 것 같았다.

"나도 올림피아드에 나갈 수 있을까?"

"당연하지."

그 말 때문이었을까? 강우가 책꽂이에 꽂혀 있는 올림피아드 예상 문제집을 보기 시작했다. 이미 내가 다 풀어놓은 거였다. 강우는 타고난 암기 능력으로 대부분의 문제를 외웠다.

"수학은 암기 과목이 아냐. 앞뒤 풀이 과정을 이해해야 해."

"언제 그걸 해? 외우는 건 자신 있다니까."

강우는 조급했다. 올림피아드에 나가려면 처음부터 찬찬히 공부할 시간이 없다는 거였다. 이상한 건 내가 던져 준 예상 문제를 곧잘 풀어내는 거였다. 그때마다 강우는 수학도 기초 실력 보다는 암기가 통한다며 잘난 척했다.

"강우네 집에서 공부하다 갈게."

강우 엄마도 기특하다며 피자나 치킨 같은 먹을거리를 배달 시켜 주었다.

"강우도 수학올림피아드에 보내 주세요."

강우에게 수학에 대한 자신감을 주려면 더 강력한 게 필요 했다.

"강우 실력으로는 무리지 않니?"

"강우도 엄청 열심히 준비했어요. 내가 못 푼 문제도 단번에 풀었다니까요. 저번 시험에도 100점 맞았잖아요?"

"하긴 몇 달 사이 강우 실력이 부쩍 늘긴 했지. 교감 선생님이랑 한번 의논해 볼게."

강우는 올림피아드에 가게 해 주면 진우 형이 쓰던 공학용 계산기를 주겠다고 했다. 그 계산기는 국제수학올림피아드에서 우승한 형에게 강우 아빠가 사 준 선물이었다. 간간이 강우한테 얻어먹었던 햄버거랑은 차원이 달랐다. 대학생이 쓰는 계산기라니……. 선생님의 허락이 떨어졌다.

"공부 머리는 형 닮았으니까 너도 해 낼 줄 알았어."

대회장에서 만난 강우 엄마는 뒷걸음질 치는 강우를 끌어안고 눈물을 흘렸다.

대회가 열리는 교실 안은 아이들을 따라온 엄마들로 북적댔다. 아이들보다 응원 나온 어른들이 더 많았다.

"이 아이들이 모두 수학 영재들이란 말이지? 하긴 우리 강우도 이제 이 대열에 들어간 거고."

강우는 엄마가 머리를 쓰다듬을 때마다 몸을 움츠렸다.

"형이 이 대회에서 1등 했잖아. 너도 수상권에 들어갈 수 있는 거지?"

강우 엄마가 그럴 때마다 강우의 머리는 점점 아래로 떨어졌다.

대회 시간이 다가올수록 강우는 눈에 띄게 초조해 보였다. 안절부절못하는 강우를 위해서 좀 더 확실한 게 필요했다.

"강우야, 엄마들 좀 놀래켜 줄래?"

"어떻게?"

"너 「우리들의 일그러진 영웅」 읽었지?"

강우는 공부 잘하는 아이들이 엄석대의 시험을 대신 봐주는 장면을 떠올렸을 것이다. 믿기지 않는다는 듯 긴가민가하는 강우의 눈이 별처럼 반짝거렸다.

"저번처럼 시험지를 바꿔 내자."

같은 교실에 배정받았다는 강우 말에 퍼뜩 떠올린 생각이었다. 강우는 자기가 상을 받아도 괜찮겠냐며 미안한 얼굴을 했다.

"공학용 계산기 준다면서?"

강우가 고개를 세게 끄덕였다. 나야 맨날 받는 상이니 한 번쯤 건너뛰어도 되고 또 상 같은 건 나한테 별 의미도 없었다. 시험지에 '이강우'라는 이름을 쓸 때는 마치 비밀 기사가 된 것처럼 우쭐했다. 사자왕을 구하러 적진에 뛰어든 원탁의 기사처럼.

그 대회에서 강우는 전국 초등부 1등상을 받았다.

"내 아들이 수학 천재인 걸 여태 몰랐다니……."

강우 엄마는 눈물 바람이었고 엄마 품에 안긴 강우 역시 눈물을 펑펑 쏟아 냈다. 나중에야 열 살 이후 엄마가 껴안아 준 것은 처음이었다며 강우는 머쓱해 했다.

"이제 강우도 형처럼 특목고에 가겠구나?"

엄마는 뚱한 표정을 감춘 채, 얼마나 대견하냐며 강우 엄마를 치켜세웠다.

집에 와서야 엄마는 답안지를 잘못 옮겨 쓴 거 아니냐며 고개를 갸웃했고, 아빠는 '원숭이도 나무에서 떨어진다는데 뭐' 하며 내 어깨를 두드렸다. 물론 난 먼지만큼의 후회도 없었다. 그날 저녁 강우는 몇 번 쓰지 않았는지 박스째로 공학용 계산기를 들고 왔다. 계산기 뒷면에 이진우라는 이름이 씌어 있는 게 흠이긴 했지만.

"무슨 선물 해 줄까 엄마가 물어서 이거 달라고 그랬어. 다시 사 주겠다는 걸 괜찮다고 그랬더니 대신 게임팩 사 주신대."

강우가 올림피아드에서 1등 했다는 말은 삽시간에 퍼졌다. 거들떠보지도 않던 반 아이들이 강우 옆에 얼쩡거렸다. 영웅담을 늘어놓으며 거들먹거리는 강우를 보니 웃겼다.

다음 달 시험에서 강우는 수학에서 80점을 받았다.

"문제를 잘못 읽어서 그랬어요."

강우가 억울하다며 눈물을 뚝뚝 흘렸다.

"다음에 잘 보면 되지, 바보처럼 울기는."

선생님도 강우를 달랬다. 강우는 공부보다 연기를 더 잘하는 것 같았다. 하루 종일 강우는 뚱한 얼굴로 나를 노려보았다.

"이게 다 너…… 때문이야.

놀이터에서 만난 강우는 펄펄 뛰었다. 나 때문에 80점을 받은 것처럼. 강우의 억지가 어이없고 황당했다.

"다음에 100점 받으면 되지 뭐. 내가 도와줄게."

"저번처럼 시험지 또 바꿔 내자고? 그건 선생님을 속이는 거잖아?"

"완전히 속이는 건 아니야. 시험 끝나면 너도 공부할 거잖아? 다음 시험에서 점수 올라가면 선생님도 모를 거야."

"역시 넌 내 친구야."

녀석이 내 목을 조르며 엉겨 붙었다. 강우의 벌떡거리는 심장 소리가 고스란히 전해졌다.

"그럼 죽을 때까지 쭈~욱! 오케이?"

그날 나는 새로운 결심을 했다. 강우의 수학을 100점으로 올려놓자고.

우리는 이날을 기념하자며 편의점으로 향했다. 강우가 쌍둥이바를 둘로 나눠 한쪽을 내밀었다. 내가 네 번 만에 먹어 치우자 강우는 아껴 먹던 쌍둥이바를 내밀었다.

"우리는 따로 한몸이잖아."

다음 달, 강우는 수학에서 100점을 받았고, 나는 90점을 간신히 넘겼다. 선생님이 고개를 갸웃했다. 내가 틀린 이유를 조목조목 말하자 선생님도 다음엔 그런 실수하지 말라며 오히려 나를 위로했다.

6학년 가을, 강우가 수학올림피아드 대회에 나가자고 했다. 그사이 몇 번 엄마가 올림피아드에 나가라고 했지만 싫다며 버텨왔다. 올림피아드의 문제들이 시시하기도 했지만 그 무렵 미적분에 재미를 붙이고 있어서 대회 준비를 따로 할 시간이 없었다.

"네 실력이 늘긴 했지만 아직 대회에 나갈 정도는 아닌데……."

"엄마가 눈치채신 것 같아. 다 너 때문이야."

강우는 기어 들어가는 목소리로 말했다.

"내가 왜?"

"너희 엄마가 우리 엄마한테 계산기 선물 고맙다고 하셨대."

그제야 며칠 전 일이 생각났다. 밤늦게까지 문제와 씨름하고 있는데 엄마가 불쑥 내 방에 들어왔다. 이제 6학년이니 중학교 가려면 다른 공부도 신경 써야 한다며 잔소리를 늘어놓을 게 뻔해서 연신 하품을 해 댔다.

"이게 웬 거야?"

책상 위에 계산기를 보고 엄마가 놀라 물었다. 갑작스러운 질문이라 강우 수학 공부를 도와줘서 고맙다며 강우 엄마가 선물한 거라고 둘러댔다.

"이번이 마지막이야."

왠지 찜찜했지만 어쩔 수 없는 일이었다. 강우는 내 손을 잡고 손바닥 계약까지 했다.

"태석이 실력이 예전 같지 않아서……."

열심히 안 하면 천재성도 사라지는 거라며 담임 선생님이 어설픈 이유를 들이댔다.

"태석이 안 나가면 저도 안 나가요."

강우가 나랑 꼭 같이 나가야 한다고 고집을 부렸다.

"참 별난 우정이네."

학부모회 회장인 강우 엄마까지 거드는 바람에 선생님도 손을 들고 말았다. 누가 우승하든 선생님으로서는 도긴개긴이었다.

그날 수학올림피아드에서 강우는 1등상을 탔다. 연단에 올라간 강우는 상장과 꽃다발을 높이 들어 올렸다. 기자들 몇이 바쁘게 사진을 찍어 댔고 강우의 입가에는 승자의 미소가 가득했다. 얼마 뒤 학원장들이 강우를 둘러싸고 학원에 한번 들러 달라며 졸랐다.

"우리 강우 대단하지 않니?"

강우 엄마는 그 말만 열 번 넘게 반복했다. 간신히 원장들한테 놓여난 강우가 우리 쪽으로 다가왔다. 강우 엄마가 사랑하는 우리 아들 어쩌고 하면서 강우 볼에 입을 맞췄다.

"엄마, 나 진짜 1등 했어."

얼굴이 벌게지더니 이내 강우의 눈가가 촉촉해졌다.

"오늘 엄마가 누구랑 같이 온 줄 알아?"

강우 엄마가 강우를 안으며 감격에 겨운 목소리로 말했다. 강우 엄마 뒤에 있던 아저씨가 손을 들어 보였다.

"우리 영재원에 들어오지 않을래?"

아저씨는 근처 대학에 딸려 있는 부속 수학 영재원의 담당 조교라고 자기소개를 했다. 지난해부터 눈여겨보았다고, 매주 한 번씩 수학과 교수가 직접 강의하는데 그 교수가 우리나라에서 손꼽히는 수학자라는 말도 덧붙였다. 교수의 이름을 듣는 순간, 나도 모르게 가슴이 뛰었다. 중학교 올라가면 그 교수가 썼다는 대수학 책에 도전하겠다고 단단히 벼르고 있던 터였다.

"거기 저도 들어가면 안 돼요?"

너무 크게 말했는지 조교 아저씨의 눈이 휘둥그레졌다.

"우리 연구소에는 올림피아드 우승자만 받는 데라서……."

"거기만 들어가면 특목고 가는 데도 도움이 된다고 그러던데, 맞죠?"

강우 엄마가 되묻자 조교 아저씨가 고개를 끄덕였다. 그때 강우가 조교 아저씨에게 말했다.

"얘, 수학 천재 오태석이에요."

"진짜? 네가 그 오태석이라고?"

조교 아저씨는 자기도 그 방송을 봐서 알고 있다고 했다.

"수학에 흥미가 떨어진 거니? 꾸준히 관리하지 않으면 금방 천재성을 잃어버린다던데……."

나를 흘끔 보고는 강우 엄마에게 강우도 꾸준한 관리가 필요하다고 목소리를 높였다. 수학 공부를 얼마나 열심히 하고 있는지 당장이라도 보여 줄 수 있다는 말을 덧붙이려는 찰나 강우가 불쑥 말했다.

"태석이와 같이 들어갈 수 있으면 한번 생각해 볼게요."

"그건 나 혼자 결정할 문제가 아니라서…… 그래도 혹시 모르니 교수님과 상의해 볼게."

조교 아저씨가 다시 연락하겠다며 자리를 떴다.

"너 진짜 가고 싶어?"

"응."

"알았어. 너 안 받아 주면 나도 안 갈 거야."

돌아오는 차 안에서 강우는 내 귀에 대고 속삭이듯 말했다.

며칠 뒤 강우가 집 앞으로 찾아왔다. 그날 아침에 나는 조교 아저씨로부터 교수님의 테스트를 받은 후 합격 여부를 결정하자는 전화를 받았다. 놀이터 그네에 앉아 있던 강우가 쭈뼛대며 상장을 내밀었다.

"이 상장은 네 거야."

엄마 몰래 가지고 나오느라 시간이 걸렸다며 강우가 어색하게 웃었다.

"조교 아저씨한테 전화 받았지?"

"응. 이번 주 토요일에 교수님 보기로 했어."

"네 실력 다 보여 줄 거야?"

"그러려고. 그래야 들어갈 수 있을 것 같아서……."

"나 때문에 거기 가게 되는 거잖아? 그러다 우리 일 들통나면 어떻해?"

강우가 상장까지 들고 온 이유를 그제야 알 것 같았다. 강우가 뭘 걱정하는지, 나한테 뭘 원하는지. 알아서 잘할 테니까 믿으라고 몇 번이나 확인해 주고서야 강우는 돌아갔다.

"넌 자존심도 없냐? 강우 상장을 왜 들고 와!"

엄마는 속도 없다며 하얗게 눈을 흘겼다.

토요일, 이 교수님을 만나러 대학에 갔다. 꼭 다문 입매가 고집스러워 보였지만 눈빛은 부드러워 보였다. 자세가 불안하면 문제 풀 때 집중력이 떨어진다며 자기 의자에 앉으라고 했다. 얼핏 보니 창 쪽을 바라보는 교수님의 얼굴에 그늘이 졌다.

교수님은 내가 써 낸 풀이 과정을 보고 혀를 내둘렀다. 그러면서 대학교 1학년 수준의 실력인데 왜 올림피아드에서 수상권에 들지 못했는지 의아해했다. 난 수학이 좋아서 공부하는 거지 우승이 목적이 아니라고, 그날은 문제가 기대보다 수준이 낮아서 잘하고 싶은 마음이 없어졌다고 말했다. 내 말에 교수님은 "별난 구석이 있어야 천재인가 보군" 하며 웃었다.

"이임학 박사님 아나?"

"처음 듣는 이름이에요."

"그분을 아는 사람이 별로 없긴 하지."

"이임학 박사는 일제강점기에 태어나서 경성제대 수학물리학과를 다니셨지. 해방 후에는 스물네 살의 젊은 나이에 서울대 수학과 전임 교수가 되셨을 만큼 대단한 분이었어. 대학 교재를 만들고 미분, 적분에 관련한 외국 책을 우리말로 번역도 하시면서 당시 수학의 불모지였던 우리나라에 수학 교육의 기초를 닦은 분이지."

이임학이라는 수학자에 대해 궁금증이 일어 자꾸 뭉그적댔다. 교수님이 작은 냉장고에서 캔 주스를 꺼내 건넸다. 내 마음을 읽기라도 한 듯 교수님은 맞은편에 앉으며 다시 이임학 박사이야기를 이어 나갔다.

1947년 어느 날, 이임학 박사는 남대문 시장의 쓰레기 더미에서 그해 미국에서 발간된 수학 학회지를 발견했다. 초른 박사가 몇 년째 끙끙대던 문제를 단숨에 푼 그는 풀이 과정을 적은 편지를 박사에게 보냈다. 가난한 나라의 젊은 수학자이니 무시하고 슬쩍 자기가 해결한 것처럼 시치미를 뗄 만도 한데 초른 박사는 그러지 않았다. 이 박사의 편지를 근거로 논문을 쓰고 이박사의 이름으로 학회지에 실었다. 그 일로 이 박사는 외국 학술지에 수학 논문을 실은 우리나라 최초의 수학자가 되었다. 그 후에도 수십 편의 연구 논문을 발표해 그의 이름을 딴 '리군' 이론을 정립했고 세계 수학사에 이름을 남기게 되었다고 했다. 리군이론이 뭔지 궁금했지만 물어볼 엄두가 나지 않았다.

"남에게 보여 주고 실력을 증명받기 위해 공부하는 게 아니라 정말 수학이 좋아서 공부한다는 태석 군 말이 상당히 인상적이야. 이임학 박사님도 그러셨거든. 그분도 이름을 남기기 위해 수학을 공부하시지 않으셨어."

교수님은 함께 공부하는 게 기대된다며 내 어깨를 다독였다.

그때부터 이임학 박사는 내 우상이 되었다. 리군 이론도 꼭 공부하겠다는 목표도 세웠다.

비탈을 굴러 내려가는 돌멩이만 가속도가 있는 게 아니었다. 올림피아드에서 1등상을 받은 후 강우는 공부에 더 매달렸다. 매번 만점인 수학 점수가 강우를 자신감 넘치는 아이로 만들었다. 목소리도 커지고 웃는 횟수도 늘어났다. 졸업식에서 강우는 학교 대표로 교육감상을 받았다.

졸업식 날 저녁, 버거킹에서 만난 강우는 상품으로 받은 도서 상품권을 내밀었다.

"여기까지 올 수 있었던 건 다 네 덕분이야. 넌 이거 받을 자격 충분해. 앞으로도 계속 내 옆에 있어 줄 거지?"

"그야 당연하지. 우린 친구잖아."

중학생이 되면서 우리는 2년 내내 같은 반이 되었다. 운이 좋다고 생각했다. 나중에서야 강우 엄마가 같은 반이 되게 해 달라고 교장 선생님에게 부탁한 걸 알았다. 전교 1등인 녀석의 힘이 그렇게 막강할 줄은 몰랐다.

"너같이 특색 없는 놈이 강우 친구라니 불가사의다."

매일 강우와 붙어 다니는 나를 보고 아이들이 쑤군댔다. 그때마다 강우와 나는 보란 듯이 서로의 어깨를 끌어안았다.

주말마다 강우와 함께 수학 영재원에 나갔다. 수학 영재원은 대학 건물의 후문 쪽에 있었다. 부속 기관이라 그러려니 했다.

"난 여기보다 좋은 대학에 갈 거야."

캠퍼스를 활보하는 대학생들을 보며 강우가 다짐하듯 말했다.

"이 교수님이 태석이 너한테 기대가 무척 크시더라. 강우도 이번 주 과제 잘해 올 수 있지?"

조교 아저씨는 내 얘기를 한 뒤에는 꼭 강우에게 열심히 하라는 말을 달았다.

"엄마가 조교 아저씨한테 잘 봐 달라고 부탁했나 봐."

조교 아저씨가 좀 이상하다는 내 말에 강우가 그렇게 얼버무렸다. 그 말을 들은 후 되도록 수업에서도 강우의 실력에 맞추려고 애썼다. 어쨌든 강우 때문에 수학 영재원에 다니게 되었고 이 교수님도 만나고 이임학 박사님도 알게 되었으니까.

대학 교정에 벚꽃이 꽃비처럼 내리는 풍경은 장관이었다. 나의 모든 일과는 주말에 맞춰졌다. 이 교수님에게 수학 강의를 듣고 같이 문제를 푸는 과정은 나를 흥분시켰다.

5월 첫 주 어느 날이었다. 수업이 끝난 후 강우네 집으로 가는 길이었다. 수학 영재원에서 낸 과제를 같이 하기로 해서였다.

"나 수학 영재원 그만둘 거야."

"왜?"

너무 놀라 입이 다물어지지 않았다. 지난주까지만 해도 그런 말은 없었다.

"엄마가 그만 다니는 게 좋겠대. 특목고에 가려면 영어에도 신경 써야 한다고."

"그럼 난?"

"너도 같이 그만두면 좋은데…… 싫지?"

당연했다. 강우의 말에 머릿속이 하얘지는 느낌이었다.

"그날 조교 아저씨가 대회장에 온 게 넌 우연이라고 생각해?"

웬 뜬금없는 말인가 싶었다. 지금 그게 무슨 상관이란 말인가?

"그 조교 아저씨…… 엄마 친구 남동생이야. 엄마가 부탁해서 온 거였대."

"말도 안 돼."

"영재원 수업, 너무 어려워. 솔직히 특목고 가는 데 도움 되는 것도 아니고. 안 그래도 엄마한테 그만두겠다고 말하려 했는데 엄마가 먼저 이야기를 꺼내서 홀가분한 거 있지?"

"그동안 잘해 왔잖아?"

"그거야 네가 도와줬으니까 그런 거고."

강우의 마음을 어떻게든 돌려야겠다는 생각밖에 없었다. 앞으로 과제물은 내가 대신해 주겠다고 구슬리기도 하고, 강우가 싫다면 이 교수님이 수업과는 별도로 봐 주는 것도 하지 않겠다고도 했다. 사실 수업은 열 명이 넘는 학생이 함께하는 거라 성에 차지 않았다. 모르는 부분이 있을 때마다 수업 전이나 후에 교수님의 지도를 따로 받고 있었다. 궁금한 게 있으면 언제든지 찾아오라고 한 건 교수님이었다.

"교수님, 이번 달에 그만두신대."

"왜?"

강우가 그만두겠다는 게 가벼운 훅이었다면 교수님이 영재원을 그만둘 거라는 말은 카운터펀치였다.

"캐나다에 공부하러 가신대. 알고 보니 교수도 아니고 연구 교수였더라고. 그러면서 잘난 척은."

비죽대는 강우의 입술 사이로 바람 소리가 났다.

토요일, 거짓말이길 바라며 혼자 수학 영재원에 갔다. 자기가 그렇게 부탁했는데도 영재원에 가겠다고 하자 일주일 내내 강우는 나와 눈도 마주치지 않았다. 출국 준비 때문인지 이 교수님은 영재원에 나오지 않았다. 앞으로 수업을 맡을 사람은 일타강사 출신이라고 자신을 소개했다. 텔레비전에서 본 사람이라며 아이들이 수군댔다. 이 교수와는 완전 딴판이었다. 어딘가 장사꾼 냄새를 풍기는 사람이었다.

수업이 끝난 후 잠깐 보고 가라는 조교 아저씨를 만나러 교수실로 갔다.

"태석 군 왔나? 오늘은 몇 분짜리지?"

금방이라도 이 교수님이 맞은편 문을 열고 나올 것 같았다. 눈물이 핑 돌았다. 조교 아저씨가 계속 나올 거냐고 물었지만 그의 말투에서 왠지 그만두라는 압력이 느껴졌다. 강우가 없는 나는 더 이상 쓸모없다는 뉘앙스가 짙었다.

"교수님이 궁금한 거 있으면 메일로 보내라고 하셨어."

이메일 주소가 적힌 종이쪽지를 받아 들었다.

"연구 교수 주제에 학교에서 시키면 시키는 대로 할 것이지 뻣뻣하기는."

등 뒤로 조교 아저씨의 구시렁대는 말소리가 들렸다. 캐나다로 유학 간다는 말은 거짓말일지도 모른다는 생각이 들었다.

저녁에 이 교수님에게 메일을 썼다. 그동안 감사했다는 말과 어디 계시든지 잘 지내라는 말끝에 선생님의 가르침대로 더 열심히 수학 공부를 하겠다는 각오를 밝히는 메일이었다. 전송 버튼을 눌렀지만 잘못된 메일 주소라는 메시지와 함께 반송되어 왔다. 몇 번이고 재전송을 했지만 마찬가지였다. 조교 아저씨가 일부러 잘못된 메일 주소를 준 것 아닐까? 그런 의심이 들었지만 따질 생각은 없었다.

수학 영재원에 나가지 않았지만 수학 공부는 계속했다. 머리카락을 쥐어뜯으며 몇 시간이고 앉아 문제를 들여다볼 때는 죽을 것 같지만 정답의 고지에 닿으면 머릿속이 환해지며 탄성을 지르게 했다. 수학은 항상 정답이 있고 절대 꼼수를 부리지 않는 것도 좋았고, 한 단계를 넘어서면 또 다른 지평을 보여 주는 것도 좋았다. 『개념 원리 수학』을 마스터하고 『수학의 정석』의 첫 장을 넘기던 날, 나는 자축하며 콜라를 마셨다.

수학 영재원 일로 데면데면했던 시간은 오래가지 않았다. 강우가 의식적으로 나를 챙겼다. 강우 패거리들의 껄끄러운 시선을 받았지만 별로 신경 쓰지 않았다.

"태석아, 수학 말고 딴 공부도 좀 해야 하지 않아?"

"왜?"

떨떠름한 내 반응에 전에 없이 강우가 정색했다.

"나랑 같이 특목고 반에 들어가려면 다른 과목도 점수를 올려야 하잖아?"

강우 말대로라면 끄트머리라도 상위 5퍼센트 안에는 들어야 한다는 거였다.

"난 특목고에 갈 생각 없는데."

"그럼 나랑 떨어져도 된다는 말이야?"

"다른 학교에 가도 자주 만나면 되지? 쓸데없는 걱정은…….

강우는 목표 의식이 없다며 빈정댔다. 내 목표는 대학 교재로 가장 많이 팔린다는 『현대대수학』을 방학 전까지 끝내는 거였다. 어떤 책에서 이임학 박사의 수학 이론을 공부하려면 반드시 읽어야 한다는 추천 글을 보아서였다. 그날 강우는 내내 시무룩했고 뭔가를 골똘히 생각하는 눈치였다. 그런 강우가 마음에 걸리긴 했지만 그러려니 하며 지나갔다.

3학년 새 학기를 일주일 앞둔 날, 강우가 찾아왔다. 그냥 집으로 오라고 해도 강우는 굳이 놀이터에서 기다리겠다고 우겼다.

"강우가 집에 오기 싫대? 못 본 지 오래돼서 얼굴 보고 싶은

데…… 할 얘기도 있고."

통화를 엿들었는지 엄마의 말투에는 섭섭함이 묻어났다. 중학교 올라오기 전까지 강우는 우리 집을 풀방구리에 쥐 드나들 듯 했다. 어떨 때는 강우가 더 아들처럼 굴기도 했다.

"진짜 안 들어오겠대?"

"안 하던 짓 하는 거 보면 심각한 얘기하려나 봐요."

나 모르게 여친이라도 생겼나? 아무리 가족처럼 친하게 지내도 연애 이야기까지 남의 엄마한테 털어놓기는 쉽지 않은 일이었다. 더구나 강우처럼 속을 잘 드러내지 않는 녀석이라면 더 그럴 터였다.

"얘기 끝나면 강우에게 들렀다 가라고 그래. 강우 좋아하는 소고기 탕수육 해 놓을 테니까."

"번거롭게…… 강우가 불편할 거예요. 얘기 길어질 것 같으면 롯데리아 갈게요."

내가 현관문을 나서는 순간부터 엄마는 탕수육을 만든다, 집 안을 치운다 하며 한바탕 난리굿을 벌일 게 뻔했다. 공연한 기대감으로 고문할 일이 아니라 일부러 딱딱하게 말했다.

"그럼 늦지 않게 와. 계산은 네가 하고. 알았지?"

뭔 말을 더 하려다 말고 엄마가 이만 원을 손에 쥐여 주었다.

정기적인 용돈 이외에 이렇게 큰돈을 주는 건 드문 일이었다. 아마 다른 아이였다면 문밖에도 못 나가게 하고, 전화로 하라고 닦달했을 것이다. 나도 엄마만큼 강우의 연락을 받고 조금 설렜다. 종종걸음을 치며 놀이터로 달려갔다.

봄이 가까워졌는데도 입김이 나올 정도로 쌀쌀했다. 어깨가 절로 움츠러들었다. 강우는 그네에 앉아 모랫바닥을 툭툭 걷어차고 있었다. 근처의 가로등 불빛 때문인지 공중으로 튀어 오른 모래가 안개처럼 뿌옇게 퍼졌다. 자식, 뭐가 저렇게 심각한 거야? 내가 온 걸 뻔히 알면서도 강우가 세차게 그네를 굴렀다.

"뭐야? 이 시간에 다 불러내고."

반가운 마음은 불퉁거리는 말투로 튀어나왔다. 내 그림자가 강우 얼굴을 가려 표정을 읽어 낼 수 없었다.

"너 정말 특목고 안 갈 거야?"

복잡한 감정을 질문 하나에 다 실은 것같이 목소리가 비장했다. 그 이야기라면 진즉에 충분히 한 것 같은데, 아직도 강우는 포기가 안 되는 모양이었다.

"난 대학 안 간다니까."

"그러면서 수학은 왜 그렇게 열심히 했는데……?"

"그냥 수학이 좋아서."

"좋아서?"

되묻는 강우 입술 사이로 바람 빠지는 소리가 났다. 어이없다는 비웃음이었다.

"수학은 정답이 있어 좋아. 며칠을 머리 터지게 힘들다가도 어느 순간 정답이 툭 튀어나왔을 때의 그 기쁨, 아무리 설명해도 넌 모를걸."

"바로 그거야. 그렇게 하고 싶은 수학 공부, 특목고에 가서 하라고. 네 실력을 알아주는 누군가가 있으면 더 힘나잖아?"

"남한테 칭찬받으려고 수학 공부하는 거 아냐. 네 말대로 특목고 가려면 일단 상위권에 들어가야 할 거고 그럼 수학 말고도 영어, 국어, 역사…… 생각만 해도 머리 아프다. 그거 공부하느라 시간 뺏기는 거 싫어."

솔직히 말하면 공부하는 게 재미없었다. 하루에 영어 단어 50개씩 외우고, 학원 숙제에다 수행 평가를 위한 봉사 활동까지…… 생각만 해도 머릿속에 지진이 났다. 내 실력으로는 특목고반 입성은 거의 불가능하고 몇 달 공부한다고 나아진다는 보장도 없었다.

"초등학교 땐 전 과목 만점이었던 적도 있잖아? 네 성적이 떨어진 건 공부 안 해서 그런 거야. 마음만 먹으면 다시 1등급으로 올라갈 수 있어. 필요하면 내가 도와줄게. 수학 못하면 성적 끌어올리기 힘들지만 넌 수학은 항상 만점이잖아."

친구 사이니까 어디든 함께 가야 한다며 강우가 난리쳤지만 내 생각은 확고했다.

"진짜 대학 안 갈 거야?"

"응. 솔직히 입시 없는 나라로 이민 가고 싶어."

강우는 무슨 생각에서인지 발끝으로 흙바닥을 짓이겼다.

"열두 살 이후 넌 언제나 내 편이어서 난 너도 나랑 같은 생각일 줄 알았어."

"특목고에 가는 것 말고 나도 네 생각이랑 같다니까."

내 말에 강우의 얼굴이 푸르르 떨렸다.

밥 먹다 창밖을 보니 복도에서 강우가 아이들에게 둘러싸여 시시덕대고 있었다. 눈이 마주치자 강우가 먼저 눈길을 피했다. 강우 엄마가 짜 놓은 과외 팀에 들어가지 않겠다고 한 이후 강우의 태도가 돌변했다. 그전에는 드러내 놓고 밀어내지는 않았다. 초등학교 5학년 이후로 강우에게만은 자존심 내세우지 않고 무조건 봐주고, 먼저 져 주자는 자세를 고수해 왔다. 쓸데없는 오지랖이라는 걸 알고 있으면서도 그사이 강우의 뻣뻣한 태도를 그냥 넘길 수 있었던 건 강우의 우정을 믿었기 때문이었다.

'도대체 왜 날 피하는 거야?'

변명이든 불만이든 일단 녀석의 말을 들어 보자 결정하고 나니 마음이 편해졌다.

서둘러 식판을 처리하고 강우 뒤를 쫓아갔다. 이런 일은 마음을 다잡고 연습하고 해결할 게 아니다.

"나 좀 보자."

이마를 찡그리며 최대한 험악한 말투로 말했다.

"보긴 뭘 봐. 그냥 여기서 말해."

강우가 옆의 아이들을 둘러보며 느물댔다.

"단둘이 할 말이야."

그냥 한 방 날리고 시작할까? 바지 주머니 속에서 주먹이 꿈틀댔다.

"강우는 그러고 싶지 않다잖아? 넌 어떻게 눈치가 박치냐?"

강우의 어깨에 손을 걸치며 재환이가 이죽거렸다. 내가 빠진 과외 자리에 들어가려고 부러 더 그런다는 걸 알기에 더욱 밉살스러웠다.

"공개적으로 하면 네가 곤란해질 텐데…… 지극히 사적인 거라서 말이야."

"그러면 나중에 전화로 해도 되겠네. 우리가 지금 아주 중요한 문제를 논의 중이거든."

강우가 이런 식으로 말한 건 처음이었다. 당황스러웠지만 강우가 원하는 대로 해 줄 생각은 처음부터 없었다.

"우리 정리할 게 있잖아? 좋은 말로 할 때 따라와라."

내 말투가 심상치 않다는 걸 눈치챘는지 강우는 아이들에게 먼저 들어가라고 했다. 아이들이 툴툴거리며 돌아선 후에야 강우는 나를 따라나섰다.

"친구 어쩌고 하면서 엉겨 붙으면 재미없어. 예전의 이강우가 아니라는 건 네가 더 잘 알지?"

내 발길이 도서관 뒤 공터로 향했다. 뻗대던 처음과는 달리 녀석도 군말 없이 따라왔다.

공터 뒤 담벼락 아래는 잡초로 무성했다. 말로 안 통하면 두들겨 패서라도 오늘은 결판낼 작정이었다. 매번 똑같은 말 하는 것도 지겹고 구차하게 매달려서 해결될 일도 아니었다. 난 강우가 전교 1등이든 꼴등이든 관심 없었다. 10년의 시간을 함께했던 친구라는 사실이 중요했다.

"너 설마 내가 특목고에 안 간다고 해서 그러는 건 아니지?"

쿨렁대는 가슴을 누르고 다시 물었다.

"그럴 실력은 있고? 아직도 네가 수학 천재 꼬맹이라고 생각해?"

강우의 말이 비수로 꽂혔다.

"너 지금…… 공부 잘하면 친구고, 못하면 친구도 아니라는 거야? 겨우 우리 사이가 그것밖에 안 되는 거였어?"

"긴말하기 싫고 요점만 간단히 해 줄래? 네 웃기지도 않은 우정 놀음, 이젠 싫증난다."

강우의 눈썹이 꿈틀대며 치솟았다.

"우정 놀음?"

비릿하고 물컹한 것이 목구멍을 턱 막았다. 어떻게 그런 말을 얼굴도 눈빛 하나 안 흔들리고 할 수 있는지, 기가 막혔다.

"방학 일기 대신 써 준 것, 시험지와 올림피아드에서 이름 바꿔 쓴 것……, 잘 생각해 봐. 그거 네가 먼저 시작한 거잖아? 내가 해 달라고 한 적 있어?"

강우는 발밑의 돌멩이를 냅다 걷어찼다. 돌멩이가 아프게 눈에 들어왔다. 지난 10년 동안 강우를 위해 했던 모든 일들이, 가슴 졸이며 보냈던 많은 시간들이 발끝에 차이는 돌멩이에 불과했다니. 무릎이 푹 꺾였다.

"너 정말, 겨우 그 정도로밖에 생각 안 했다고?"

목소리가 떨리고 눈자위가 아렸다.

"너 속으로 내 수학 실력으로는 특목고에 못 들어간다, 그러니 아직 내가 필요하다 그 얘기를 하려고 그러나 본데, 그거 모르지? 내가 수학에 완벽해질 때까지 일부러 시험 못 본 거. 정답을 알면서도 일부러 틀리게 쓰느라 고생 좀 했지만. 그거 생각보다 별로더라고."

강우의 입가에 기묘한 미소가 떠올랐다. 요 몇 달 사이 내 수학 성적이 90점은 넘지만 100점에는 매번 부족한 점수였다. 생각해 보니 문제가 쉽든 어렵든 강우는 매번 두 개씩만 틀렸다. 우연치곤 절묘하다 그렇게만 생각했다.

"너 어디 가서 올림피아드 어쩌고 떠들고 다니면 국물도 없을 줄 알아. 하긴 네 말을 믿어 주지도 않겠지만."

강우는 뒤도 돌아보지 않고 손을 흔들었다. 눈앞이 희뿌옇게 흔들렸다. 바람 때문인지 눈가가 서늘했다. 후들거리는 다리, 떨리는 입술, 터지기 일보 직전의 심장! 그때 돌멩이 하나가 눈에 들어왔다. 돌멩이를 잡은 내 손에 땀이 고였다.

보호종료

"토민이 안 온다니까."

"토민이가 뭐야? 멀쩡한 이름 놔두고. 무슨 일이나 없어야 할 텐데……."

엄마는 로드를 건져 소쿠리에 담으며 얼굴을 찡그렸다. 토민이는 내가 붙여 준 성복이의 별명이다. 얼굴이 까무잡잡하고 갈비뼈가 드러날 만큼 깡마른 게 딱 토인, 아프리카 원주민 같아서였다. 이름은 왜 그 모양이래. 글로벌 시대에 성복이가 뭐야! 복을 이루라는 건지, 복을 받으라는 건지. 이름조차 생김새만큼이나 촌스러웠다.

"통장 들고 튀었다잖아. 그런 애를 뭘 걱정해? 나이에 안 어울리게 엄마는 마음이 너무 여려."

"성복이 평범한 가정의 아이라면 그렇게 말하지 않았을 거야. 알지도 못하면서 덮어놓고 의심부터 하고……."

은지 할머니의 통장을 들고 나간 성복이가 사라졌다는 소문이 짜하게 돌았는데도 엄마는 성복이를 감싸고돌았다. 봉사하

84

는 날도 아닌 금요일에 복지 회관에 들른 것도, 은지 할머니한테 먼저 통장을 달라고 한 것도 성복이라는데도 말이다. 진즉부터 질 나쁜 오빠들과 어울리는 걸 알면서도 성복이를 미용실에 들인 것부터 마음에 들지 않았다.

"성복이 학교에는 나오지?"

"3학년이니까 나야 모르지."

점심때 급식차를 몰고 가는 성복을 보았다는 건 얘기하지 않았다. 그랬다가는 얼굴이 상하지는 않았냐, 어디 있는지 물어봤냐며 꼬치꼬치 캐물을 게 뻔했다.

'어쩌면 아무 일도 없다는 듯 그렇게 태연할 수가 있어, 가증스럽게.'

엄마는 녹색 테이프를 30센티미터 간격으로 잘라 타일에 붙였다. 샴푸대 배수관을 동여매려는 모양이었다.

"그거 통째로 갈아야 된다니까. 계속 그렇게 하다가는 금방 터져 버릴걸."

내 말에도 아랑곳없이 엄마는 맨바닥에 무릎을 꿇고 샴푸대 아래로 몸을 구겨 넣었다.

"은지 할머니한테 통장과 돈 가져다줬다던데. 그러니까 애들이 이상한 말 하면 네가……."

"엄마가 봤어?"

"그건 아니지만……."

구부린 몸 때문인지 엄마 말소리는 목에 떡이 걸린 것처럼 끊겼다 이어졌다.

"혹시 엄마가 토민이한테 돈 준 건 아니지?"

"뭐라고? 내가 왜…… 그런 짓을……."

놀랐는지 당황해서인지 엄마는 샴푸대에 머리를 쿵 소리가 나게 박았다.

"뭐야? 엄마 완전 수상해."

"네가 이상한 소리 하니까 그렇지."

눈도 안 맞추고 횡설수설하는 게 어설퍼서 따질 기세로 엄마에게 붙어 섰다.

"너 학원 늦은 거 아냐? 이상한 데로 새지 말고 곧장 가. 전화해 볼 거야."

엄마가 핸드폰 든 시늉을 하며 눈을 흘겼다. 딴 데로 새지 말라는 둥 생전 안 하던 전화까지 한다는 둥 둘러대는 기색이 역력했다.

"대학 갈 것도 아닌데 졸업장은 따서 뭐 하려고?"

"살다 보면 공부하고 싶을 때가 생길지 어떻게 알아? 이만큼 살아 보니 맘대로 안 되는 게 인생이더라."

아직도 엄마는 내가 열심히 하면 대학에 들어갈 수 있을 거라고 믿나 싶었다. 그래도 대회에 나갈 때까지는 학원비가 필요했다. 거짓말하는 게 아니라 말을 안 할 뿐이라고. 찜찜하고 께름칙해서 서둘러 미용실을 나왔다.

엄마는 내가 메이크업 학원에 다니는 걸 모른다. 벌써 석 달째다. 내가 그 학원에 다니게 된 건 다분히 운명적이었다. 맨날 보는 아이들을 학원에서까지 부딪치고 싶지 않아 버스 두 정거장 거리에 있는 입시 학원을 찾아갔다. 그 건물 5층에 메이크업 학원이 있었다.

'전국 대회 최다 수상자 배출, 대학 진학 특혜!'

메이크업 학원이 매단 현수막이 건물 옥상에서 3층까지 길게 늘어져 있었다.

대학이라는 글자에 눈이 번쩍 뜨였다. 엄마한테 대학을 안 가겠다고 고집부린 건 솔직히 지금의 내 성적으로는 지방 전문대도 간당간당했기 때문이었다. 원체 공부머리도 없고 재미없는 걸 의무로 하는 건 적성에도 안 맞았다. 그동안은 엄마 때문에 설렁설렁 학원에 다니는 척해 왔다. 메이크업을 배우면 대학까지 간다니.

어렸을 때부터 난 만화 주인공 얼굴을 따라 그리고 거기에 볼 터치와 속눈썹을 그려 넣고 헤어스타일을 바꿔 주는 걸 좋아했다. 스케치북을 들여다보며 엄마도 "피는 못 속인다더니" 하면서 웃었다. 그 또래 여자아이들의 장난쯤이라고 생각했을 거다.

단과 학원 대신 메이크업 학원에 등록한 후, 엄마는 굳이 먼 곳까지 다닐 필요가 있냐며 다른 데로 옮기라고 은근히 압력을 넣었다. 다른 학원은 진도 따라가기 힘든데 고만고만한 아이들이 많아 내 수준에 딱 맞는다는 말로 둘러대자, 엄마는 "그래?" 그러고 말았다.

그곳에서 해경이를 만난 건 한 달쯤 전이었다. 같은 반이었던 적이 있긴 했어도 특별히 눈길 가는 아이는 아니었다.

"여기 학원 다니는구나. 멀지 않아?"

친하지는 않아도 아는 아이와 부딪힌 것 자체가 껄끄러웠다.

"다닐 만해. 그런데 넌 여기 웬일?"

"보육원 언니가 여기 강사야. 한번 놀러 오라 그래서."

어릴 때부터 그림을 잘 그렸다는 둥, 내가 생일 카드에 그려 준 그림이 예뻐서 아직도 간직하고 있다는 둥, 수업 시간에 낙서하다가 들켜서 혼났던 거 기억난다는 둥 하며 해경이가 친한 척구는 통에 엘리베이터 안 사람들에게 눈치가 보일 지경이었다.

엘리베이터가 메이크업 학원이 있는 5층에 섰다.

"안 내려?"

"난······ 저기······."

7층 입시 학원에 가는 길이라며 내가 한 발 뒤로 물러섰다. 그러자 해경이 다짜고짜 내 손을 끌어당기며 사람들에게 고개를 까닥했다.

"내가 여기 다니는 줄 알고 있었어?"

목소리가 절로 안으로 말려들어 갔다.

"너 초딩 때부터 화장하는 거 엄청 좋아했잖아?"

해경이가 히죽 웃으며 불룩 튀어나온 에코 백을 턱으로 가리켰다.

"엄마 미용실에 취업하면 되겠다. 메이크업과 헤어를 동시에 하면 일거양득일 거 아냐?"

해경이가 하이파이브라도 날릴 듯한 기세로 이렇게 말했다.

더욱 기겁하게 만든 건 해경이가 만나려고 한 강사가 김소라 선생이라는 거였다.

"어떻게 둘이 같이 들어와?"

"같은 학교 다녀요."

"그랬구나. 해경이 너도 여기 다닐래? 같이 배우면 서로 도움도 되고. 원장님한테 잘 얘기해서 특별 할인가로 해 줄게."

소라 선생은 해경이를 보며 눈웃음을 지었다.

"나한테 그럴 돈이 어디 있다고요?"

소라 선생의 눈길을 피하며 해경이는 사무실을 둘레둘레 살폈다.

"보호종료되기 전에 기술 배워 두면 좋잖아? 이것저것 알바하다 보면 평생 자리 못 잡고 떠돌이처럼 살게 돼."

"보육원에서도 언니 얘기 많이 해요. 다들 언니 엄청 부러워하고요."

해경이 딴말을 하며 대답을 피했다. 보호종료가 뭔지 궁금했지만 낄 자리가 아니었다. 소라 선생은 언제든지 생각 바뀌면 말하라며 이것저것 물었다.

"다린이는 대회 준비 잘 하고 있지?"

"이제부터 열심히 해야죠."

"대회에 나가?"

해경이가 눈을 동그랗게 치켜떴다.

"다린이가 우리 학원 기대주잖아. 참, 다린이는 수업 끝나고 나 좀 보고 갈래?"

내가 벽시계 쪽을 흘끔거리는 걸 보았는지 소라 선생이 먼저 강의실로 가라는 눈치를 보냈다. 강의 시작까지는 30분 남았지만 준비해야 할 게 많았다.

"너 콘셉트는 잡았어? 이번에도 나 도와주면 좋을 텐데……."

자리에 앉자마자 희정 언니가 말을 걸어왔다. 화장품 회사에서 주최하는 지난번 대회에서 희정 언니는 장려상을 받았다. 솔직히 언니는 손은 빨랐지만 창의력이 부족했다. 모델 얼굴을 예쁘게 보이는 메이크업만을 고집했다. 광대뼈를 도드라지게 해서 도도한 이미지를 돋보이게 해야 한다고, 멀리서도 눈에 확 띄고 한 번 봐도 이미지가 머리에 남을 수 있게 해야 한다고 충고했지만 언니는 선무당 어쩌고 하며 내 말을 무시했다. 내 말대로 했으면, 못해도 우수상은 받았을 거다.

"저도 우승해서 대학 가 보려고요. 대회는 처음이니까 언니가 저 좀 많이 도와주세요."

언니에게 귀찮게 달라붙을 여지를 잘라 낼 셈으로 딱 부러지게 말했다.

"돈 버리고 시간 버리고, 대학 같은 델 왜 가니? 메이크업은 이론 필요 없어. 손의 감각과 센스로 승부하는 거라니까."

난 듣는 시늉만 했다. 대회에서 우승하면 엄마 속이고 다니

는 거 덜 미안할 것 같다는 말을 할 만큼 희정 언니랑 친하지
않았다.

"실력 있다 소문나면 바로 에이전트에 스카우트되니까. 너도
다시 생각해 봐."

희정 언니가 메이크업 가방을 공들여 쓰다듬었다. 들리는 말
로는 얼마 전에 강남에 있는 메이크업 숍의 면접을 봤다고 했다.

아이들이 강의실을 다 빠져나가고 나서야 사무실로 갔다. 원
장이 무슨 얘기를 하다가 내가 들어서자 입꼬리를 올리며 웃었
다.

"해경이가 친구라니 좀 놀랐어."

"별로 안 친해요. 학교 말고 바깥에서 본 건 처음이에요."

"아, 성복이가 너네 미용실에 나간다며? 걔도 보호종료 아동
이라 내년이면 보육원에서 나와야 하는데, 그 말 듣고 안심이 되
더라고. 널 보면 엄마 솜씨도 아주 좋으실 것 같은데 어떠니?"

"잘 모르겠어요."

여기에서까지 성복이의 구질구질한 이야기를 듣는 것도, 이
래저래 얽혀서 메이크업 학원 다니는 게 엄마 귀에 들어가면 어
쩌지 걱정하는 것도 성가시고 귀찮은 일이었다.

"성복이가 겉으로는 껄렁껄렁해도 심성은 착해. 보육원 동생

들도 잘 챙기고 나한테도 잘했어. 그러니까⋯⋯."

"선생님, 다른 할 얘기 없으시면 가 볼게요."

"아, 미안. 대회 때문에 할 얘기가 있었는데, 옆길로 샜지? 잠깐만."

소라 선생은 서랍 안에서 여러 권의 파일을 꺼냈다.

"저번처럼만 하면 우승권 안에 들 거고⋯⋯ 참, 너도 알지? 이번에 우승하면 대학에 장학생으로 입학할 수 있어. 어때? 괜찮지 않아?"

처음 참가하는 거니까 경험 쌓는다는 가벼운 마음으로 준비하라던 한 달 전과는 말이 완전 달랐다. 그때는 우승권에 들 거라는 자신감도 없고 학원 낯 세우려 참여자 수를 채우려는 꼬드김 같아 반감부터 생겼었다. 소라 선생의 속내가 뭘까. 가르친 제자들이 대회에서 많이 우승할수록 강사로서의 명성도 올라가고 연예 기획사들로부터 전문 메이크업 아티스트로 제안받을 기회도 높아진다는 것쯤은 다 알고 있는데 선심 쓰는 것처럼 굴었다.

"너한테 도움 될 것 같아서 챙겨 놨어. 최근 메이크업 경향과 전 대회 우승자들의 콘셉트를 정리해 놓은 파일이야. 부담 갖지마. 네가 우승하면 나한테도 좋은 일이니까. 네 가능성을 보고 투자하는 거야."

파일은 두툼했다. 그간의 노하우가 담긴 파일을 내놓는다는 건 쉬운 일이 아니다. 잘 알지도 못하면서 소라 선생을 나쁘게 생각한 것 같아 미안했다.

두 해 전까지만 해도 엄마는 이대 앞 미용실의 원장이었다. 헤어 디자이너가 다섯이나 되는 꽤 규모 있는 미용실이었다. 차츰 상권이 홍대 쪽으로 옮겨 가고 그나마 중국인 관광객들까지 줄어들자 미용실 문을 닫을 수밖에 없었다.

"나야 기술 있으니 어떻게든 버티겠지만⋯⋯."

엄마는 머리를 감기는 보조 언니들까지 있는 대로 긁어서 월급을 챙겨 주었다. 엄마다운 일이었다.

장담하던 일자리가 금방 구해지지 않고 연금 보험까지 깨 생활비로 써야 하는 상황에 이르러서야 엄마는 "송충이는 솔잎을 먹어야지" 하며 현수동 뒷골목 주택가에 미용실을 다시 열었다. 지난해 봄의 일이었다. 장사는 목이 좋아야 한다는 소신도 접고 돈에 맞춰 가게를 얻다 보니 그 흔한 편의점 하나 없는 후미진 동네였다.

가게를 처음 보러 간 날은 아직도 생생하다. 이전에 우유 대

리점이었다는 말은 들었어도 퀴퀴한 냄새에다 습기에 곰팡이가 번져 벽지는 들뜨고 천장의 뒤엉킨 전기선마저 보이자 심란하기 그지없었다.

"자리가 뭐 중요해. 실력으로 승부하면 되지."

큰소리와는 달리 엄마도 벌게진 얼굴을 감추지 못했다.

"앤티크한 게 다른 미용실과는 확실히 차별되고 좋네 뭐."

풀 죽은 엄마를 보는 게 싫어 애서 밝게 말했다. 인터넷을 조금만 뒤져도 천장 철골을 그대로 살린 커피숍이 꽤 있었다. 핸드폰을 들이밀자 엄마가 내 어깨를 끌어안았다.

"역시 우리 딸이야. 집기만 들여놓으면 바로 시작할 수 있을 것 같은데."

엄마는 내가 알려 준 중고 쇼핑몰에서 미용 기구와 인테리어 용품을 사들였다.

"딸 덕분에 절반 이상 싼 가격으로 샀네. 고마워."

"다린 미용실 파이팅, 엄마 파이팅!"

다린은 내 이름이다. 엄마는 중학교 때 본 영화 〈터미네이터 2〉를 엄청 좋아해서 비디오테이프가 닳을 정도로 봤다고 했다. 특히 지구를 구하러 온 미래 전사인 아들을 지켜 내는 사라 코너 역의 린다 해밀턴을 좋아했다. 린다라는 이름은 너무 미국 이름 같아 거꾸로 해서 지은 게 내 이름이었다. 엄마는 험악한 세상으로부터 딸을 지키는 씩씩한 엄마가 되고 싶었다고 했다.

문 열자마자 휴업 아니면 폐업할 거라는 주위의 우려를 뒤엎고 '다린 미용실'은 알음알음 찾아오는 손님들로 금방 자리를 잡았다. 커트 오천 원, 파마 만 오천 원이라는 파격적인 가격도 한몫했겠지만, 그간 해 온 미용 봉사가 더 컸다. 자기 미용실을 가진 이후 엄마는 주말마다 노인 복지 회관과 보육원으로 미용 봉사를 다녔다. 엄마가 신촌을 떠나지 못하고 현수동에 미용실을 연 것도 그 때문이었다. 십 년 넘게 만난 아이들과 어르신들과의 정을 떼기 힘들다는 게 이유였다. 미용실을 열자 그곳 어르신들이 나서서 가격 싸고 커트 잘하는 미용실 있다며 소문을 내 주었다. 복지 회관의 노래, 에어로빅, 놀이 치료 강사들도 한번 다녀간 다음에는 친구들을 끌고 왔다. 동네 아주머니들은 눈치 안 보고 모임 하기 좋은 장소라 참새 방앗간처럼 들락거렸다. 파마 말은 머리를 머릿수건으로 둘둘 말고 사라졌다가는 부침개를 부쳐 들고 오는 아주머니들도 많았다.

개업 얼마 후 엄마가 성복이를 데리고 왔다. 이름을 듣는 순간 엄마와 함께 복지 회관에 봉사 다닌다는 그 아이라는 걸 알아봤다.

"공부는 영 젬병인가 보더라. 내년에 보육원을 나와야 한다기에 미용 기술 배워 보지 않겠냐고 말할 때는 꿈쩍도 않더니……."

성복이 얘기를 할 때마다 엄마는 걱정스럽게 뒷말을 흐리곤 했다.

제갈공명도 아닌데, 엄마는 여러 차례 설득해서야 성복이를 데려왔다.

"애걔, 이게 아줌마 미용실이에요? 코딱지만 하네요."

가게 안으로 한 발을 들여놓으며 성복이가 한 첫말은 이랬다.

'너무 솔직한 거 아냐? 빌붙으러 온 주제에…….'

예절도, 사회성도 빵점인 아이였다. 무말랭이같이 생긴 것도, 170센티미터 간신히 넘는 평균 이하의 키도, 도무지 내세울 거라곤 쥐뿔도 없는 게 배 밖에 간을 내놓은 말투라니. 주인집 딸이 코딱지만 하다고 말하는 거랑 머슴이 그런 말 주절대는 건 하늘과 땅, 아니 한우와 수입산 돼지 껍질만큼이나 차이 나는 거다.

"이래 봬도 손님 많아. 복지 회관 사람들도 모두 여기 단골인 걸."

민망함을 감추려는 듯 엄마의 목소리가 달떴다.

"아, 네에, 그렇겠네요."

어찌나 밉살스러운지 그 입을 비틀어 버리고 싶을 지경이었다.

삐뚜름하게 서서 미용실을 한 바퀴 둘러보고는 성복은 거울 앞으로 성큼성큼 걸어갔다. 몸을 앞뒤로 비춰 보고 손가락에 침을 묻혀 귀밑머리를 훑기도 했다. 그런다고 별로 달라질 것도 없는 꼬락서니를 하고서는. 가소로웠다.

"성복이가 한 살 많으니까 다린이 너도 오빠처럼 잘 대해 줄 거지?"

"쳇, 오빠는 무슨?"

코딱지 어쩌고 하며 뒤도 안 돌아볼 것 같더니 성복이는 학교 끝나면 곧바로 미용실로 달려왔다. 가끔 미용실을 들를 때마다 성복이는 바닥을 쓸거나 수건을 개고 있었다. 생각보다 오래 버틴다 싶었다. 주말에는 노인 복지 회관에도 따라가는 모양이었다.

"어휴, 어울리지 않게 무슨 모범생 흉내야? 걔 믿지 마. 너무 열심인 게 더 수상하다니까."

"걔가 뭐야, 오빠라니까."

성복이 흉볼 기미를 보일 때마다 엄마는 그렇게 내 입을 막

왔다.

내가 성복이 보육원 아이라고 덮어놓고 싫어하거나 연민 비슷한 감정을 삐딱하게 표현하는 거라고 생각한다면 만만의 콩떡이다. 그냥 주는 거 없이 미운털 박고 싶은 인간도 있는 법이니까.

학원 끝나고 잠깐 미용실에 들렀다. 소파 위에 넋 놓고 앉아 있는 엄마가 오늘따라 더 청승맞아 보였다. 성복이 나타나지 않은 지 사흘째 되는 날이었다.

"아직도 기다리는 거야?"

"방금 전에 파마 끝나서 쉬는 거야. 너 이제까지 공부하다 온 거야? 필요하면 독서실 끊어 줄까?"

"그래 줄 수 있어? 엄마 돈 없잖아? 샴푸대 수리도 한다면서."

"당장 급한 것도 아닌데 좀 미루지 뭐."

물 빠짐도 잘 안 되고 가끔 역류까지 해서 샴푸대 공사는 당장 급한 일이었다. 자꾸 미루지 말고 고치라는 말은 독서실을 끊어 준다는 엄마의 말에 흔들렸다. 그 정도 돈이라면 마스카라, 볼터치 같은 색조 화장품에다 드레스 제작에 필요한 원단과 비즈, 스팽글, 레이스 같은 부자재는 물론 재단 가위, 초크, 바늘 같은 것도 살 수 있는 금액이었다.

뜻밖의 횡재에 낯간지럽게 볼에다 뽀뽀까지 했다. 징그럽다며 내 어깨를 밀어내는 엄마의 손에 힘이 들어갔다.

드르륵 소리가 들리더니 뒷집 아주머니가 가게 안으로 들어왔다. 장바구니를 든 걸 보니 슈퍼에 다녀오는 모양이었다.

"요 앞에서 복지관 사람 만났는데, 이상한 소리 하던데?"

"무슨 말을요? 성복이 봤다고 하던가요?"

"그건 아니고. 은지 할머니 돈 찾으셨다고. 성복이가 직접 들고 왔다네요. 은지 할머니가 평상시에 좀 깜박깜박하긴 했어도 치매까지는 아닌데, 안 그래요?"

"내가 몇 년 지켜봤는데 그럴 애가 아니라니까요. 누명 벗어서 다행이네."

나와 눈이 마주치자 엄마 얼굴이 발갛게 달아올랐다.

동대문 시장에 가려고 교실을 빠져나왔다. 필요한 부자재들이 다 있고, 게다가 싸기까지 해서 나 같은 사람에게는 최적인 곳이었다. 아침부터 따라가겠다고 들러붙던 해경이 교문 밖에서 기다리고 있었다. 성가셨지만 해경이 덕분에 소라 선생에게 이런저런 도움까지 받은 터라 마구잡이로 내칠 수는 없었다. 동대문 시장 가는 건 처음이라며 들떠 있는 꼴을 보니 좀 짠하기도 했다.

"나도 만반의 준비를 해 왔지."

해경이 대형 마트 로고가 찍힌 장바구니를 들어 보였다. 소라 선생이 살 물건이 많을 테니 챙겨 가면 고마워할 거라고 했다며 히죽댔다. 소라 선생의 속내를 이번엔 좀 알 것 같았다.

"필요한 것만 빼고 나머지는 내 방에 가져다 놓으면 될 것 같아."

내 처지를 넘겨짚고 그렇게 말할 때는 조금 고마웠다. 장바구니를 집에 들고 가는 건 자살행위나 마찬가지였다. 재봉틀 잘 다루는 수녀님한테 바느질 부탁하면 어떻겠냐고 했을 때는 해경이를 끌어안을 뻔했다.

드레스 원단에다 면사포에 쓸 레이스 원단, 스팽글과 몇 가지 부자재만 샀는데도 쇼핑백이 한가득이었다. 해경이는 천을 너무 조몰락거린다며 원단 가게 주인에게 눈총도 받고, 이집트 문양으로 만든 스팽글을 옷에다 붙여 보는 통에 싫은 소리를 듣기도 했다. 헤어스타일 완성에 필요한 비녀와 머리꽂이, 실핀을 사고, 반짇고리까지 사고 나니 종아리가 당겼다.

"잔치국수 먹을래?"

"진짜?"

"맛있는 데 알아."

끌고 다닌 게 미안해서 희정 언니 따라왔을 때 가 본 곳에 데려갈 생각이었다. 뒷골목이긴 했지만 잔치국수 집은 금방 찾았다. 늦은 시간이라 그런지 가게 안은 한산했다. 단숨에 한 그릇을 비운 해경이는 자기 인생 최고의 잔치국수라며 엄지손가락을 들어 올렸다.

전철을 타러 큰길로 나왔다. 횡단보도 앞에서 뒤통수가 낯익어 해경이의 팔을 툭툭 쳤다.

"어, 저기 토민이?"

내가 손짓한 곳을 보고는 말릴 틈도 없이 해경이가 달려 나갔다. 손에 장바구니를 든 채로.

"야, 그건 주고 가야지!"

뒤따르자 싶었을 때는 벌써 신호등이 빨간불로 바뀐 후였다. 발을 구르며 해경이의 뒷모습을 눈으로 쫓았다. 간신히 맞은편으로 뛰어갔을 때는 해경이도 성복이도 보이지 않았다. 골목을 다 뒤질 수도 없고, 어차피 장바구니야 해경이가 보육원으로 가져갈 거라는 생각이 들자 다리 힘이 풀렸다. 터덜터덜 전철 쪽으로 걸었다. 야간 영업을 시작하기 전이라 자동차 소리만 걷어 내면 고요하다 못해 적막했다.

버스 정류장 앞에서 등을 보이고 선 채 해경이는 누군가를 닦달하고 있었다. 어이없게도 죄인처럼 고개를 푹 숙이고 있는 건 성복이었다.

"오빠, 어떻게 된 거야? 은지 할머니 일은 해결됐다면서 왜 안 들어와?"

뾰족한 목소리인데도 걱정과 다정함이 들어 있었다. 쳇, 아무나 보고 오빠래.

"나중에 다 말할게. 원장님 걱정하시지 않게 잘 말해 줘."

성복이의 말에 마지못해 해경이가 잡고 있던 손을 풀었다.

'쳇, 엄마한테 전화 한 통 해 주면 손가락이 부러지냐?'

비척비척 걸어가는 성복이 뒤로 밤그림자가 길게 늘어졌다.

메이크업 학원까지 찾아온 해경이를 따라 보육원에 갔다. 성당 뒷골목에서도 한참 들어가는 햇빛보육원은 양옥 두 채를 나란히 이은 낡은 건물이었다. 마당에는 미끄럼틀과 그네가 매어져 있고 지하로 내려가는 철제 계단 아래에는 작은 꽃밭도 있었다. 2층으로 올라가는 내내 도란도란 말소리와 웃음소리가 끊이지 않았다.

"손님인가 보구나? 늦지 않게 보내라. 여긴 규칙도 있으니까."

"금방 일어날 거예요."

복도에서 부딪친 총무라는 아저씨가 나를 훑어보았다. 말투는 부드러웠지만 표정은 차가웠다. 바짝 언 내 얼굴을 보자 해경이가 귀에 대고 "말씀은 저렇게 하셔도 좋은 분이셔"라고 속삭였다. 학교에서도 규칙, 보육원에서도 짜인 시간표대로 사는 해경이가 조금 가여웠다.

해경이의 방은 2층 끝에 있었다. 같은 방 쓰는 민주 언니는 알바 갔다며 해경이가 내 손을 끌어당겼다.

"어제 화났지?"

해경이는 그 일로 삐친 줄 알고 내내 내 눈치를 슬금슬금 봤다.

"그게…… 그런 데서 복이 오빠를 보니까 정신 나갔나 봐. 너도 오빠 알지?"

"은지 할머니 통장 들고 내뺀 놈 말이지?"

"그건 오해야. 다음 날은 아니지만 바로 갖다 드렸대. 그게 어떻게 된 거냐면……."

해경이는 뚱해 있는 나를 보고도 성복이 이야기를 시작했다. 뭐 눈에 뭐라고, 성복이 일이라면 무조건 싸고도는 게 엄마랑 똑같았다.

"보육원 사람이라고 너무 믿는 거 아냐?"

"모두 동혁이 오빠 때문이야. 그 오빠가 배달 나갔다가 오토바이 사고를 냈대. 빗길에 미끄러져서 깁스하는 바람에 복이 오빠가 간병해 주는 거래. 복이 오빠가 남 힘든 걸 못 보는 스타일이거든. 나라도 그 상황이라면 그랬을 것 같아."

"은지 할머니 돈으로 병원비 대신 내준 건 아니고? 그거 때문에 은지 할머니한테 바로 돈을 돌려줄 수 없었던 거고. 시나리오가 딱 그렇게 나오지 않니?"

"아닐 거야. 동혁이 오빠 알바 여러 개 한다니까 그 정도 돈은 있었을 거야. 참, 언제 퇴원하는지 안 물어봤네. 나도 동혁이 오빠 보고 싶은데."

"넌 오빠 많아서 좋겠다."

빈정대는데도 해경이는 화단에 핀 꽃이라면 동혁이 오빠도 좋아할 거라고 헤헤거렸다.

민주 언니가 온 것은 아홉 시가 훌쩍 넘어서였다. 언니를 보는 순간 몇 달째 연습하던 3단 점프에 성공한 것 같았다. 크지도 작지도 않은 외까풀의 눈, 깡다구 있어 보이는 광대뼈, 모나지 않으면서 부드러운 턱선에 까무잡잡한 피부까지 딱 내가 찾던 모델이었다.

"키가 어떻게 돼요?"

언니는 만사가 다 귀찮다는 얼굴로 나를 쳐다보았다. 모델로는 작은 편이지만 평균 키보다는 컸고, 그 정도야 하이힐로 해결할 수 있을 것 같았다.

"165. 그건 왜?"

그제야 나는 메이크업 대회에 나가려면 모델이 필요하다는 말을 꺼냈고, 내 메이크업에 최적화된 개성 있는 얼굴이라며 간절한 눈빛을 쏘아 보냈다. 지난번 조그만 에이전시에서 C급 모델을 썼는데도 모델료로 상금 절반이 나갔다고 "이 정도는 투자라고 생각해야 돼!"라며 어색하게 웃던 희정 언니의 얼굴이 떠올랐다. 학원비에다 대회에 필요한 물품 사는 데 돈을 다 썼기 때문에 모델은 어떻게 하나 머리가 지끈거리던 차였다.

"그날 방송국이나 에이전시 같은 데서도 많이 보러 온대. 혹시 알아, 언니한테 좋은 일 생길지?"

옆에서 해경이가 거들었지만 민주 언니는 눈썹 하나 흔들리지 않았다.

"그 시간에 알바 하나 더 뛰는 게 나아. 난 뜬구름 잡는 일은 안 하자 주의거든."

"알바비도 드릴 수 있어요."

마음이 달아 불쑥 그렇게 말하고 말았다. 모델 구하면 치수

재서 드레스 만들고, 메이크업 연습하고…… 대회 날짜가 코앞이라 마음이 급했다.

"얼마 줄 건데?"

"오만, 아니 십만 원이요."

그사이 꿍쳐 놓은 내 전 재산이었다. 오만 원이면 언니의 털 끝 하나 움직이지 못할 것 같아 그냥 질렀다. 언니 입만 바라보는데 마음이 쿵쾅댔다.

"음…… 그래도 안 될 것 같아. 예식장 알바 있는 날이야. 네가 제시한 알바비에 혹하긴 하지만 미리 잡힌 일이라 뺄 수 없어. 알바 세계에서는 신용이 제일 중요하거든. 한번 찍히면 다른 알바 구하는 데 지장 많으니까 그 돈이 쥐약이 될 수 있거든."

꽤나 거창한 이유를 단 거절이었다. 해경이가 그 알바 대신해 주겠다며 매달렸지만 소용없었다. 민주 언니를 움직이는 데는 돈보다 더 특별한 무엇이 필요할 것 같았다. 시간이 빠듯한 데다 이미 민주 언니한테 마음이 넘어간 후라 다른 모델은 눈에 들어오지 않았다. 자주 눈도장을 찍고 죽어라 설득하는 것 이외에는 달리 방법이 없었다.

"민주 언니, 복이 오빠 말이라면 껌벅 죽는대. 한번 부탁해 볼까?"

문밖까지 따라 나온 해경이 떠보듯 슬쩍 말을 흘렸다.

"됐어. 민주 언니가 싫다고 하면 그냥 모델 구할래."

성복이한테 아쉬운 소리 하는 건 죽기보다 싫었다. 신용보다 더 중요한 게 뭘까? 부탁하면 민주 언니가 절대 거절하지 못할 사람, 성복이 말고 다른 사람은 없을까? 어쨌든 최고의 모델 민주 언니를 발견한 것으로도 해경이 고마웠다.

눈뜨자마자 화장 도구부터 챙겼다.

언니들이 뭐래? 지금 가도 돼?

해경이가 계속 문자를 씹었다. 무슨 일이 있는 걸까? 내 화장 솜씨를 보고 민주 언니 마음을 흔들어 줄 사람? 두루두루 다 친하게 지내서 딱 떠오르는 언니가 없다며 해경이가 고개를 갸웃했다. 시간이 많지 않지만 밑져야 본전이었다. 국그릇에 숟가락을 담근 채 멍해 있자 밥상머리에서 제사 지내냐며 엄마가 잔소리를 늘어놓았다.

"국이 짜서 그래. 엄마는 간 안 맞춰?"

멀쩡한 국 타령을 하자 엄마가 눈을 하얗게 치떴다.

해경이한테 빨리 오라는 문자가 온 건 그러고도 한 시간이 지난 후였다. 얼굴 보면 뒤통수부터 갈길 생각은 온데간데없이 사라졌다.

보육원 안에 들어서자 아이들의 조잘거림이 마당을 가득 메웠다. 근처 요리학과 학생들이 아이들과 고구마피자를 만들기로 했다며 해경이가 귓속말을 했다. 아이들에게 둘러싸여 있던 총무 아저씨와 눈이 마주쳤다. 해경이가 재빨리 머리를 누르는 바람에 엉겁결에 인사를 했다.

방 안에 들어서자 손에 파우치를 든 언니들이 한꺼번에 달려들었다. 생각지도 않은 환대에 기분이 좋아졌다.

"네가 화장 좀 한다는 말만 했어. 대회 준비 때문에 바쁘다고 그랬는데 언니들이……."

해경이가 거드는 바람에 어깨가 한 뼘 더 올라갔다.

"코는 백만 불짜리인데 이 두꺼운 입술과 단춧구멍만 한 눈은 진짜 마음에 안 들어."

통통한 몸매의 언니가 말하자 둘러서 있던 언니들이 묘한 얼굴로 고개를 끄덕였다.

"왕언니야. 저 언니 말이라면 민주 언니도 어쩔 수 없을걸."

해경이가 보육원 짱이라며 목소리를 잔뜩 낮췄다.

왜 사람들은 자기 단점만 크게 보고 지레 주눅 들까? 단점을 무시하라는 게 아니라 있는 장점을 더 잘 드러나게 하면 될 텐데. 백 마디 충고보다 한 번의 터치가 이 언니한테는 더 필요하겠지?

"콧대로 사람들의 시선을 끌어서 다른 단점을 커버할 수 있어요. 언니 코는 크기도 그렇고 높이도 딱 좋아요. 우선 피부 톤보다 한 단계 밝은 파운데이션을 일직선으로 콧등을 따라 발라 주고 다시 어두운색 파운데이션…… 해경아, 거기 그거 좀 줘 봐. 어두운색 파운데이션을 이렇게 눈썹머리 부분부터 덧바르는 게 포인트예요. 그다음에 아이섀도를 코 옆면에 옅게 펴 바르고 밝은색 파운데이션으로 콧등을 이렇게 톡톡 두드려 주면 끝! 어때요? 콧대가 확 사니까 눈은 더 깊어 보이고 입술도……."

"화장은 마음에 드는데 파운데이션이 두 개 있어야 한다는 거잖아?"

거울에 얼굴을 비춰 보더니 왕언니가 볼이 부은 얼굴로 웅얼거렸다.

"화장품 많다고 화장 잘하는 거 아니에요. 스킨이나 로션 중하나만 사고 남은 돈으로 사거나 그것도 부담되면 양이 적은 파운데이션을 사세요. 굳이 비싼 거 살 필요도 없어요. 메이커든 비메이커든 화장품은 다 거기서 거기예요. 화장은 하는 거보다 지우는 게 더 중요하니까 씻을 때 더 신경 쓰면 되고요."

그제야 왕언니의 얼굴이 펴졌고 다른 언니들도 "진짜, 진짜!" 하며 좋아했다.

"결점을 가리는 것보다 장점을 돋보이게 하는 게 제일 좋은 화장법이니까 내 얼굴에서 다른 사람들과 차별화시키는 부분이 어딘가를 찾아보면 좋겠어요."

"왜 목소리가 나긋나긋, 꿀 떨어지냐? 여기 잘 보여야 할 언니 있는 거야?"

"그거 아니거든. 메이크업은 서로 소통이 잘 돼야 하는 게 기본이야."

해경이 왜 그런 말을 하는지 뻔히 아는 터라 속웃음이 났다.

그다음부터는 물 한 모금 마실 틈 없이 바빴다. 해경이가 옆에서 척척 손발을 맞춰 줘서 한결 수월하긴 했지만.

여드름 자국을 가려 달라는 언니도 있었고 쌍꺼풀 없는 작은 눈을 크게 보이게 해 달라거나 얇은 입술을 도톰하게, 큰 얼굴을 작게 보이게 해 달라는 등 요구도 가지가지였다. 화장이 끝난 언니는 셀카를 찍기도 하고 단톡방에서 자랑하기도 했다. 셀카로는 금방 까먹는다며 화장법과 순서를 꼬박꼬박 메모하는 언니도 있었다.

잠깐 숨 돌린 틈에 누가 지나가는지 방바닥에 그림자가 빠르게 생겼다 사라졌다.

"복이 오빠 왔나 봐."

해경이가 옆구리를 쿡쿡 찔렀다. 아는 척할 틈도, 하고 싶은 마음도 없었다.

언니들이 방을 다 빠져나간 후에야 해경이가 오늘 본 언니 중에 마음에 드는 얼굴이 있었냐고 물었다. 민주 언니 이외에는 다른 사람은 생각도 않던 터라 "예쁜 얼굴은 몇 있는데, 다 그저 그래" 하며 어물쩍 넘어갔다. 오늘 언니들 중 누구든 민주 언니한테 잘 얘기해 주길 바랐다.

주말 오후에 아현동 웨딩타운 대여숍들을 둘러보았다. 소라 선생의 파일을 들여다봐도 감이 잘 오지 않는 게 많았다. 유행 스타일을 확인할 겸 직접 둘러보기로 했다. 처음엔 입이 안 떨어졌는데, 서너 가게 기웃거리다 보니 요령이 생겼다. 결혼할 언니의 부탁이라는 거짓말도 술술 나왔다. 실장 언니들도 내 이야기를 듣고 친절하게도 이런저런 충고를 해 주었다.

마을버스를 탈까 하다가 생각도 정리할 겸 해서 그냥 걷기로 했다. 회화나무 꽃잎이 보도블록 위를 하얗게 덮고 있었다. 얼마쯤 걸었을까, 편의점 앞에 웅성대는 사람들이 보였다. '특별 할인 행사' 하나 싶어 그냥 지나칠 생각이었다. 아는 이름이 들리지 않았다면.

"성복이라고 그랬나?"

사람들 틈으로 비집고 들어갔다. 말싸움이 오래됐는지 편의점 사장의 목소리가 갈라졌다.

"동혁이 그놈이 알바비 떼먹었다고 그래? 그럼 직접 와야지 안 그래? 너도 혹시 그놈이랑 한패야?"

"가진 건 없어도 거짓말할 형 아니에요. 사장님은 제가 이름도 말 안 했는데 동혁이 형인 건 어떻게 아셨어요?"

사장의 험악한 기세에도 성복은 조금도 주눅 들지 않았다. 성복의 말에 사장은 벌게진 얼굴로 콧바람을 풍풍 뿜었다.

"저 아이 말이 맞는 것 같은데요. 아까부터 여기 있었는데 이름 들은 기억은 없어요."

회사원처럼 보이는 청년이 성복의 편을 들자 사람들이 술렁대기 시작했다.

"머리에 피도 안 마른 놈이 어른한테 또박또박 말대답에…… 애먼 사람 나쁜 놈 만들기나 하고. 너 보육원 살지? 부모 없이

자라니 버르장머리도 없고 거짓말이나 하는 거지.”

사장은 성복을 믿지 못할 거짓말쟁이로 만들기로 작정한 것 같았다. 보육원 사는 거랑 그거랑 무슨 상관인 건지. 세상에 고 아로 태어나고 싶은 사람이 어디 있다고? 성복을 버린 엄마, 아빠는 잘못 없고, 버림받은 성복이가 잘못이라는 식으로 몰아가는 데 기가 찼다.

“보육원 사는 거하고 그거하고 무슨 상관이에요. 형한테 주기로 한 알바비나 주세요.”

생각했던 것보다 성복이는 훨씬 당당하고 똑똑했다. 나 같았으면 억울해서 울고불고했을 거다. 사장이 펄쩍 뛰는데도 성복이는 내내 공손한 어조로 할 말만 했다. 그게 사장을 더 열받게 만든 걸까.

“여러분 보시기에 제가 코 묻은 알바비나 떼먹을 사람으로 보입니까? 편의점 시작한 지 벌써 십 년인데 비양심적으로 운영했다면 그게 가능했겠어요?”

편의점 사장이 사람들을 둘러보며 동의를 구했지만 둘러선 사람 누구도 편들지 않았다.

“제 눈에는 거짓말하고 그럴 학생으로 보이지 않아요. 보육원 사는 아이라고 무조건 나쁘게 말하는 건 좀 아닌 것 같네요.”

"사장님도 돈 떼먹을 사람으로는 안 보이지만 저 학생 얘기도 틀린 데 하나 없네요. 사정도 딱하고."

사람들이 자기편을 들어주는 데도 성복이는 고마워하는 눈치가 아니었다. 그건 좀 마음에 들었다.

"동혁이라는 애한테 전화해 보면 어떨까요? 다리 다쳤으니 여기 오지는 못해도 전화는 받을 거 아니에요?"

성복이 거짓말쟁이가 아니라고 편들어 줬던 그 아주머니였다.

"그러면 되겠네요. 그 아주머니 참 똑똑하시네."

늦수그레한 아저씨가 아주머니를 돌아보며 말했다. 지켜보고 있던 사람들도 얼른 전화해 보라고 거들었다.

"형 핸드폰 망가졌어요. 오토바이에 깔려서⋯⋯."

"핸드폰이 망가졌다는 것도 거짓말일 게 뻔해요."

기다렸다는 듯 사장이 성복이를 째려보았다.

"거짓말 아니라고요."

성복이 눈을 부라리며 처음으로 악을 썼다.

"병실 호수만 알면 전화 연결될 거잖니? 어디 병원이니?"

아주머니가 나서서 전화를 걸었다. 몇 번이나 다시 걸어도 전화 연결은 되지 않았다. 그걸 지켜보고 있던 사장이 그거 보라며, 더욱 기세등등했다.

"보호종료아동이라고 했을 때 알아봤어야 하는 건데. 법원은 커녕 경찰서 문 앞에도 한 번 안 가 본 나를 죽일 놈 만들 줄 어떻게 알았겠어요? 세상 오래 살다 보니, 좋은 일 하고도 욕먹을 때도 있네요. 나 원 참."

꼬투리를 잡은 사장은 기고만장해서 떠들었다. 요즘 애들이 더 영악하다며 몇 사람은 구시렁댔고, 또 몇 사람은 지지부진한 싸움 구경에 싫증이 났는지 자리를 떴다.

"참, 그 보호종료아동이란 게 뭐요?"

한 아저씨의 말에 시끌시끌한 분위기가 금세 잦아들었다. 삘쭘해진 사장이 먹잇감을 찾은 매처럼 재빨리 말했다.

"만 열여덟 살이 되면 살던 보육원을 나와야 된다고 그러더라고요. 한마디로 다시 고아로 돌아가는 거죠. 동혁이 그놈 말에 마음이 약해져서 앞뒤 따지지 않고 일하라 그런 겁니다. 그때 사정 봐주지 말고 내쳤어야 하는 건데……."

"그럼 보육원 나오면 어디서 산대요? 나라에서 살 집을 주나요?"

"설마요. 그럼 나라도 우리 애 호적 파서 보육원에 보낼 거예요. 덕분에 집 한 채 생기는 건데……."

사장의 말에 사람들이 다시 웅성대기 시작했다. 성복이 졸업

116

후에도 미용실에 계속 나오는 거냐는 내 말에 미용실에 딸린 쪽방 어쩌고 했던 엄마 말이 기억났다. 미용 기술을 배우는 게 어떠냐는 말에는 꿈쩍도 않던 성복이 쪽방이 있다는 말에 당장 나올 수 있다고 한 것까지 한꺼번에 이해됐다. 그쯤 되자 알바비 얘기는 더 이상 말거리가 안 됐다. 처음 듣는 보호종료아동이라는 말에 다들 관심이 쏠렸다.

"동혁이한테서 자립 정착금으로 오백만 원 받았다는 말을 들었어요. 그 녀석이 그걸 아는 형한테 빌려줬는데 핸드폰 사기에 걸려 돈을 날렸대요. 당장 월세방에서 쫓겨날 거라며 어찌나 통사정을 하는지……."

"겨우 오백만 원이요? 월세 보증금도 안 되겠네요. 열여덟 살이면 세상 물정 모르는 어린앤데, 어른들도 힘들다고 나자빠지는 세상에서 어떻게 살라고요. 참 어이없네요."

대책 없이 쫓아내면 어떻게 하냐는 둥, 아무리 돈독이 올라도 그런 사정은 봐줘야 하는 것 아니냐는 둥 하며 다들 한마디씩 했다.

"내 자식 같아서 알바 시켜 준 건데 이런 식으로 뒤통수를 치네요. 지금 생각해 보니 월세방 쫓겨날 거라는 것도, 돈 빌려줬다는 것도 다 거짓말일지도 모르겠다는 생각이 듭니다."

사장 말에 좋은 일 했는데, 일이 이렇게 꼬여서 속상하겠다며 위로하는 사람도 있었다. 동혁이라는 오빠는 모르지만, 성복이까지 싸잡아 거짓말쟁이로 모는 걸 보자 뜨거운 것이 치밀었다. 성복이 마음에 들지 않은 건, 보육원에 살아서가 아니었다. 내가 미용 학원 다니는 걸 성복이 눈치채고 있는 것 같아서였다.

해경이를 메이크업 학원에서 만나고 얼마 뒤 미용실에서 성복이와 부딪쳤다.

"해경이 만났다며? 해경이가 너 화장하는 거 되게 좋아한다고 그러던데."

그날 엄마가 자리에 없었기 망정이지 안 그랬으면 큰일 날 뻔했다. 입 다물지 않으면 미용실 못 나오게 할 거라고 으름장을 놓긴 했지만 볼 때마다 뒤가 켕겼다.

금방 멱살잡이를 할 듯 사장이 성복에게 달려들 기세였다.

"솔직히 형이 보호종료아동이라 해서 알바로 뽑은 거 아니에요? 알바비 떼먹어도 나서서 싸워 줄 가족 하나 없으니까요."

잠자코 듣고만 있던 성복이 빳빳이 고개를 들었다. 성복이의 목소리가 가늘게 떨렸다. 누구 하나 성복이를 지지하지도, 사장 편을 들지도 않았다. 내일 다시 오겠다는 말까지 하고 성복이는 돌아섰다. 먼저 빠져나가야 한다는 마음은 굴뚝같은데 발밑에 접착제를 발라 놓은 것처럼 움쩍할 수 없었다. 처음으로 성복이 내가 아는 그 아이가 아닐지도 모른다는 생각이 들었다.

대회는 바짝바짝 다가오는데 모든 게 엉망이었다. 주말마다 보육원 언니들에게 불려 갔는데도 민주 언니는 여전히 냉랭했다. 모델이 정해져야 내가 생각해 둔 우주 여전사 콘셉트에 맞게 옷도 마름질하고, 화장 스타일도 정할 수 있는데. 얼마 전에는 우산 살 돈이라도 아낄 셈으로 온 비를 다 맞았더니 이틀 꼬박 앓았다. 남의 속도 모르고 엄마는 아낄 걸 아껴야지 미련곰탱이가 따로 없다며 미운 소리만 골라 했다.

횡단보도 두 개를 지나 미용실 골목으로 들어섰다. 부글부글 끓는 나와는 달리 세상이 너무 평화로워 속이 뒤집힐 것 같았다.

"아프다면서 어딜 그렇게 쏘다니다 오는 거니?"

"학원에서 바로 오는 길이거든. 나도 그럴 시간 있었음 좋겠다 뭐."

내가 불뚝거려서인지 엄마가 얼른 말꼬리를 돌렸다.

"이번 학원은 잘 맞나 보네. 아직 다니는 걸 보니. 집에 가면 꼭 약 챙겨 먹고."

엄마가 면장갑을 끼고 샴푸대 쪽으로 갔다. 배수관 아래로 몸을 구겨 넣고는 늘어진 비닐을 뜯어내며 낑낑댔다.

"그건 도대체 언제 수리할 건데?"

"주말에 하려고 그랬는데 예약 손님이 많아서 수리 기사한테 오지 말라 그랬어. 아직은 버틸 만해."

"돈이 없는 건 아니고?"

"애는……, 그 정도 돈도 없을까 봐? 대학 등록금도 차곡차곡 모으는 중이거든."

뜻밖의 말에 찔끔했다. 혹 떼려다 혹 붙인 기분이었다. 대학 어쩌고 하면서 이상한 얘기로 길어지느니 얼른 꽁무니를 빼는 게 낫겠다 싶었다.

막 문을 여는데 성복이 어정쩡한 몰골로 서 있었다. 편의점 앞에서의 당당하던 모습과는 달리 풀 죽은 모습을 보니 이상하게 화가 났다.

"다린이 넌 집에 빨리 가 봐. 할 일 많다면서."

하지도 않은 말까지 덧붙이며 엄마 얼굴에 화색이 돌았다.

"그 정도 눈치는 나도 있거든."

어차피 붙잡아도 있을 생각은 없었지만 성복이 무슨 말을 할지 궁금했다. 엄마가 빨리 나가라고 연거푸 눈짓을 보냈다. 급한 듯 화장실에도 다녀오고 거울 앞에서 머리도 쓸어 올리며 어물 댔다.

"줄 듯 줄 듯 하면서 자꾸 미뤄서 좀 늦어질 것 같아요. 그리고 이거. 아저씨한테 물어보니 이 방수 테이프가 좋다고 해서요."

성복이 등 뒤에 감추고 있던 검은 봉지를 내밀었다.

"괜찮다니까. 이런 데 신경 쓰지 마."

"미안해서요. 그 대신 매일 한 시간씩 더 일할게요. 원장 수녀님도 그러라고 허락하셨어요."

성복은 얼른 봉지에서 테이프를 꺼내 들었다. 엄마가 말리는데도 면장갑을 찾아 끼는 성복이를 보니 이상하게 웃음이 났다.

엄마가 잠들기를 기다렸다가 새벽까지 모자를 만들었다. 내가 생각하는 건 〈은하철도 999〉의 메텔이 쓴 털모자였다. 여름이니까 털모자 대신 금속 느낌이 나는 비로드 천에 메탈 느낌 나는 메시로 두를 것이다. 모자 뒤에는 면사포 길이만큼의 검은 레이스 천도 달 생각이다. 별 모양의 스팽글과 행성 모양의 비즈를 붙이는 일은 모두 손으로 하는 일이었다. 본드 냄새를 한 시간쯤 맡고 나면 코가 마비되고 머리까지 어질했다.

민주 언니가 일하는 편의점에 들러볼까? 우선 모델 문제부터 해결하면 나머지 일이야 밤을 새면 될 일이었다.

'내가 지금 반숙 완숙 가릴 처지야. 매달려도 안 되면 어쩔 수 없는 거고. 자존심 같은 건 개나 줘 버려.'

그런 마음을 먹자 발끝에 힘이 실렸다. 집으로 가던 걸음을 되돌렸다.

바람에 흔들리는 나무 그림자가 횡단보도를 뒤덮었다. 무슨 말부터 꺼낼까? 언니들한테 무슨 얘기 들은 거 없냐고 물어볼까? 누가 다가서는 것도 모르고 생각에 빠졌다.

"집은 이쪽이 아니잖아? 어디 가는데?"

끝도 없이 이어지던 생각을 깬 건 성복이었다.

"웬 관심? 신경 꺼."

통통 부은 얼굴일 텐데 주위가 어두워서 다행이었다.

"원장님도 너 미용 학원 다니는 거 눈치채신 거 같던데. 내가 말한 거 아니니까 오해는 마. 그렇게 본드 냄새 팍팍 풍기는데 모르면 바보지."

성복이 말은 하나도 들리지 않고 머릿속이 하얘졌다. 알면서도 모른 척하는 거라고?

"저번에 원장님이 그러시더라. 네가 좋아하는 일 하면서 살면 그걸로 됐다고. 원장님, 네 생각처럼 고리타분하지 않으셔."

'쳇, 엄마를 얼마나 안다고 잘난 척은?'

16년 산 나보다 반년도 안 된 주제에 엄마를 더 아는 척하는데 빈정 상했다.

"점순, 아 참, 넌 소라 누나라고 해야 알겠구나. 소라 누나가 그러는데 대회에서 우승하면 대학에 갈 수 있다며, 맞아?"

소라 선생의 본명이 점순이라니, 쿡쿡 웃음이 나왔다. 그래서일까? 가슴을 옥죄던 사슬이 뚝 끊겼다.

'나도 끝까지 숨길 생각은 아니었어. 대회에서 우승하면 얘기하려고 그랬어.'

그 말을 하려는데 성복이 불쑥 이렇게 말했다.

"저번에 편의점에서 너 봤어."

"뭐?"

감추고 싶은 비밀을 들킨 것처럼 마음이 불편했다.

"네가 보고 있다는 생각이 드니까 막 힘이 생기더라. 그런 마음은 처음이라……."

그 말을 듣는데 심장이 덜컥했다. 때마침 휴대폰이 울리지 않았더라면 아마 찻길로 뛰어들었을 거다.

민주 언니가 모델 하겠대.

해경이의 문자 메시지였다.

"혹시 민주 언니한테 뭐 부탁한 거 있어?"

성복이가 뜨악한 얼굴로 날 쳐다봤다.

"내가 제일 싫어하는 게 남한테 아쉬운 소리 하는 거야. 딴 데로 새지 말고 곧장 집으로 들어가라. 안 그러면 내가 원장님한테 다 불어 버릴 테니까."

내가 뭐라고 대답하기도 전에 성복이가 내처 횡단보도를 달렸다.

"복이 오빠 부탁이라면 민주 언니도 들어줄걸."

머릿속에 해경이의 말이 뱅글뱅글 돌았다. 맞은편에 선 성복이가 손을 흔들었다. 가슴 깊은 곳에서 뜨거운 열기가 확 올라왔다. 밤이라서 참 다행이었다.

로드 스쿨러

내가 은철이를 만난 건 여름방학을 일주일 앞둔 날이었다.

"방학 스케줄 엄마가 짜 놓았으니까 이번엔 꼭 성적 올리자. 알았지, 아들?"

코맹맹이 소리로 엘리베이터 앞까지 따라 나왔던 엄마 때문에 아침부터 숨이 턱 막혔다. 또 닥치면 군말 없이 시키는 대로 할 테지. 그런 나한테 이젠 열 낼 힘도 없다. 싫은 걸 억지로 해서 그런가 아무리 해도 성적은 늘 그 자리였다. 내가 열심히 하지 않아서 그렇다고 생각한 엄마는 이번엔 정신 차리자며 말머리에 꼬리를 붙였다.

수업이 끝나고 끼리끼리 모여 방학 계획을 떠들고 있었다. 몇몇 아이들은 해외 자원봉사를 갈 거라고 했다. 대학 입학에는 도움이 안 되지만 대학 졸업 후 취업 준비할 때는 요긴하게 써먹을 수 있는 스펙이라는 게 이유였다. 내일 일도 막막한데 벌써 취업까지…… 애들까지 성질을 돋웠다.

"장우 너는 뭐 할 거야?"

"나야 뭐……."

수학과 영어를 본궤도에 올려놓을 수 있는 마지막 기회라며 엄마가 과외 팀 짜는 데 열을 올리고 있다는 말을 할 수는 없었다. 가재는 게 편이라고 선생님까지 이번 방학을 어떻게 보내느냐에 따라 대학이 달라진다며 협박조에 가까운 훈시를 했다.

터덜터덜 교문을 벗어날 때였다.

"너 우리 팀에 들어온다며?"

같은 반 수진이었다. 외무 고시를 치고 외교관이 될 거라는 계획을 초등학교 때 세웠다는 아이다.

"누가 그래?"

"너희 엄마가 우리 엄마한테 끼워 달라고 그랬다던데 뭐. 수능 상위 3%가 목표인 아이들 틈에서 살아남으려면 땀띠 나게 공부해야 할 거야. 그럼 과외 때 보자."

나를 빤히 쳐다보며 수진이 이죽거렸다. 네가 아무리 발버둥 쳐도 안 될 거라는 비웃음이었다.

정차한 버스에 무작정 올라탔다. 오십 년 만의 더위라는 기상예보 탓인지 버스 안이든 바깥이든 비닐하우스 안처럼 후덥지근했다. 멀리 차창 밖으로 낙원상가를 보는 순간 나도 모르게 하차 버튼을 눌렀다. 여섯 시가 다 돼 가는데도 너무 환해서 눈살이 찌푸려졌다.

더위를 피해 나온 사람들로 극장 앞이 북적댔다. 아스팔트 열기가 허벅지를 타고 머리까지 올라왔다. 가슴이 홧홧, 덩달아 목까지 탔다. 눈에 띄는 편의점으로 들어갔다.

"어서 오십시오."

고개도 들지 않고 알바생이 영혼 없는 인사를 했다. 냉장고에서 콜라를 꺼내 들었다가 옆에 놓인 날렵한 몸매의 음료수 병에 시선이 끌렸다. '흐를 류'. 이름이 마음에 들었다.

"이거 얼마……?"

바코드기를 음료수 병에 들이대던 알바생과 눈이 마주쳤다. 알바생의 눈이 점점 커졌다.

"야, 너 장우 맞지?"

"누, 누구?"

어디에서 많이 본 듯한 얼굴이긴 했지만 그냥 돌아설 생각이었다. 그 말을 하기 전이라면 말이다.

"나야, 가마니! 가마니 모르겠어?"

가마니라면 내 짝 은철이! 내 앞에 있는 알바생이 그 은철이라니 믿을 수 없었다.

"으, 은철이?"

확성기에 대고 말하는 것처럼 목소리가 웅웅댔다.

눈앞의 은철이는 20센티미터는 웃자란 듯한 큰 키, 적당히 근육이 붙은 어깨, 희미한 여드름 자국이 지워진 말끔한 얼굴, 칼칼한 듯 명랑한 말투까지, 도무지 예전 은철이와는 닮은 구석이 전혀 없었다.

내가 알던 은철이는 말더듬이 뚱보였다. 5대 독자인 은철이는 철마다 녹용과 홍삼을 달고 살았다. 할아버지, 할머니, 고모들까지 총동원되어 약골 탈출 작전을 벌였는데, 약발을 잘 받는 탓인지 아니면 한약의 부작용 탓인지 나날이 불어나는 몸무게로 5학년 때부터 드럼통 같은 몸매를 가졌다. 신체적인 열등감까지 합쳐져 가뜩이나 소심한 은철이는 점점 입을 닫았고, '가마니'로 불렸다. 중학교에 올라가서도 은철은 눈에 잘 띄지 않는 아이였다. 수업 시간에 은철이가 불리는 일도 별로 없었지만 어쩌다 출석을 부를 때면 은철은 책상 밑에서 튀어나오기 일쑤였다. 가마니 은철이가 하는 일이라곤 백과사전 두께만 한 역사책을 읽거나 교정을 어슬렁거리며 폴라로이드 사진을 찍는 게 전부였다. 물론 그런 걸 아는 아이도 별로 없었다.

그때 난 엄마의 계획대로 공부에 매달렸다. 우리 반 아이들 중 상위권은 누구고, 일진과 빵 셔틀이 누구인지 관심 둘 짬도 없었다. 당연히 은철이 역시 내 관심권 밖이었다. 그런데 어느 날 느닷없이 담임 선생님이 은철이의 짝으로 나를 지목했다.

나중에 안 일이지만 은철이의 부모님이 담임 선생님에게 특별히 부탁했다는 거였다. 우리 반 아이들 중에 유일하게 자기 아들에게 우호적이고 괴롭히지 않는 아이는 나뿐이라면서. 학폭위 어쩌고 하면 시끄러워질 것 같아서 담임 선생님도 대충 뭉갤 눈치였다.

"넌 그냥 하던 대로 하면 돼. 은철이가 중학교 졸업장 받느냐 마느냐는 이제 네 손에 달렸다는 것만 명심하고. 혹시 아냐, 이렇게 공덕을 쌓으면 너한테 좋은 일이 생길지?"

은철이 졸업을 왜 내가 책임지냐고 따질 생각은 하지도 못했다. 공덕 어쩌고 해서, 담임 선생님이 불교 신자였나? 고개를 갸웃했을 뿐이다.

"그러죠, 뭐."

가마니 친구는 멍석이라는 놀림과 함께 나한테는 멍석이라는 별명이 붙었다. 멍석을 깔아 줘도 꼼짝 않는 가마니! 환상의 바퀴벌레 한 쌍이었다.

"공부 재미있어? 난 아닌데."

은철이는 내 옆을 빙빙 돌았지만 나는 책에서 시선을 떼지 않았다. 그건 은철이가 아니라 누구라도 그랬을 거다.

사건은 일진 형수가 은철이에게 삥 뜯는 걸 학생 부장 선생님한테 들키면서 시작됐다. 한두 번 있는 일도 아니어서 그냥 지나가나 싶었다. 학폭위까지 들먹이며 학생 부장이 으름장을 놓았지만 형수는 삥이 아니라 자발적인 상납이었다고 우겼다. 결국 내가 짝꿍이라는 이유로 상담실로 불려 갔다. 쭈뼛대며 들어서는 나를 보고 은철이의 겁먹은 눈에 안도감이 돌았다.

"혀, 형, 형수가 매일 나 괴, 괴로, 롭힌 거 마, 맞지?"

은철이가 내 옆에 달라붙으며 물었다. 이마에 굵은 주름을 만들며 형수가 나를 쏘아보았다. 그 순간 누구 편을 들어야 할지 1초의 고민도 하지 않았다. 난 지금처럼 조용히, 평화롭게 살고 싶었다. 형수를 잘못 건드렸다가는 앞으로의 학교생활이 껄끄러워질 게 불 보듯 뻔했다.

"형수가 좀 과격했지만 작정하고 괴롭힌 건 아닐 거예요."

형수의 입가에 희미한 미소가 떠오르는 동안 은철이 눈에서는 급격히 빛이 사라졌다.

"형수 넌 일주일간 반성문 제출하고 은철이 넌 운동 좀 해라. 그게 뭐냐? 하마가 형님 하자고 그러겠다."

그 일이 있은 후, 형수의 보복은 집요했다. 만만한 게 홍어 거시기라고 은철이 팔에 멍 자국이 가실 날이 없었다. 하복으로 바뀐 뒤에도 은철이는 긴팔 춘추복을 입고 다녔다.

"안 더워?"

"참을 만해."

미련한 건지 무던한 건지 은철이는 한결같았다. 편을 못 들어 줄망정 왜 거짓말 했냐 그런 원망 섞인 푸념을 하지도 나쁜 놈이라고 대거리하지도 않았다. 은철이는 여전히 '가마니'일 뿐이었다.

2학기 개학 날, 은철이 학교에 나오지 않았다. 아이들도 선생님도 누구 하나 은철이에 대해 묻거나 궁금해하지 않았다. 며칠 뒤 전학 갔다는 소문이 돌고, 홈스쿨링을 한다는 말도 들렸다.

잘 들춰 보지 않던 『수학의 정석』에서 사진을 발견한 건 한참 뒤였다.

네 모습이 근사해서 허락받지 않고 찍었어. 미안.

사진 봉투에 붙여 놓은 메모지에는 그렇게 적혀 있었다.

그 은철이가 지금 앞에서 나를 빤히 쳐다보고 있었다.

"여기까지 웬일이냐?"

거북해하는 나와는 달리 은철이 얼굴에는 반가운 기색이 역력했다.

'그러는 넌?'

2년이나 지나, 종로 한복판에서, 그것도 손님과 알바생으로 만났다는 게 어이없었다.

"30분만 기다려 줄래? 사장님이 곧 오실 거야."

은철이의 말이 끝나기도 전에 뒤에 서 있던 사내가 잽싸게 담배와 카드를 내밀었다.

"사천오백 원, 결제하겠습니다."

은철이의 목소리가 통통 튀어서 편의점 안을 빙빙 돌았다. 은철이는 더 이상 드럼통에서 석유 새 나오듯 줄줄 땀만 흘리던 말더듬이 가마니가 아니었다. 내 생각을 읽기라도 한 듯 은철이 다시 말했다.

"2년 만에 만났는데 이대로 헤어지면 그렇잖아?"

이대로 아니면 뭘 어쩔 건데. 생각과는 달리 나는 은철이를 향해 웃음을 날렸다. 은철이의 입가에도 빙긋 웃음이 떠올랐다. 어쩌면 은철이도 나와 같은 생각일 거라는 확신이 있어 그랬는지 모르겠다. 나는 은철을 기다리지 않을 거고, 은철이 역시 나를 찾지 않을 거라는 걸.

'도대체 저 녀석은 이 시간에 왜 여기 있는 거야.'

고2라면 당연히 학원이나 독서실에서 책을 파고 있어야 할 시간이었다. 어차피 다시 편의점에 가지도 않을 거면서 웬 호기심이냐 싶어 나는 눈에 잔뜩 힘을 주었다.

극장 앞길을 따라 걸었다. 정신을 차렸을 때는 낙원동 악기상가 앞에 서 있었다. 상가 안은 적당히 분주했다. 가게마다 연주 소리가 새어 나오고, 악기상 주인들이 지나가는 사람들을 가게 안으로 끌고 들어가기도 했다.

"학생, 연습용 기타 찾아?"

가게 안을 기웃거리는 나를 보고 꽁지머리를 한 아저씨가 빠르게 다가왔다.

"아뇨. 그냥 구경하러 왔어요."

나는 얼른 둘러대며 다른 점포 쪽을 향해 슬금슬금 발길을 옮길 때였다.

"역시, 여기 갈 거라고 생각했지."

뒤통수에 들리는 목소리는 은철이었다.

"뭐냐? 너 지금 날 미행한 거야?"

커닝하다 들킨 것처럼 기분이 더러웠다.

"미행이 아니라 보호 차원이지. 범생이가 길 잃을까 봐."

은철이가 키득거렸다. 네 마음대로 떠들어라. 나는 은철을 밀쳐 내고 가게 안으로 들어갔다. 가게 주인은 사지도 않으면서 변죽만 울릴 것 같다고 여겼는지 눈길 한번 주지 않았다. 나는 가만히 손을 뻗어 팽팽하게 조여진 기타 줄을 튕겼다. 디 디디링~ 기타 소리가 가슴 한복판을 훑고 지나갔다.

"아직도 기타를 보면 가슴이 뛰고 그래?"

은철의 말은 들추고 싶지 않은 기억을 건드렸다.

"천재 기타 소년이라고 다들 그랬는데……."

은철이 혼잣말을 했다. 정작 본인보다 다른 사람이 더 잘 기억해 주는 과거가 있다. 내가 가마니였던 은철이를, 은철이가 나의 열한 살을 기억하는 것처럼.

내가 처음 기타를 친 것은 백화점 기타 교실에서였다. 나에게 "기타 한번 배워 볼래?" 하고 그곳에 데리고 간 건 엄마였다. 여섯 살 봄이었다. 그 후 친구들이 놀이터에서 놀 때 나는 기타를 튕기면서 보냈다. 그냥 기타가 좋았고, 손가락 끝에서 소리가 나오는 게 신기했다. 장발의 기타 강사는 홍대 클럽에서 노래를 부르는 형이었다. 사실 형이라기보다는 아저씨에 더 가까웠지만, 기타 줄을 오르내리는 형의 현란한 손놀림은 놀라움 그 자체였다.

"친척 중에 음악 하는 사람 있어?"

엄마가 아빠를 사랑하게 된 게 기타 치던 모습 때문이라고 들었지만 아빠는 가수도, 기타리스트도 아니었다. 기타 형은 엄마가 데리러 올 때까지 나와 놀아 주었다. 형이 긴 머리를 쓸어 넘기며 "굉장한데!" 혀를 내두를 때는 우쭐했다. 기타 형이 올린 유튜브 동영상 때문에 나는 텔레비전에까지 나갔다. 사람들이 신대철의 어린 시절을 보는 것 같다며 열광했을 때는 어리둥절했다. 신대철이라는 기타리스트를 몰랐기 때문이었다. 4학년이 되면서 나는 더 이상 기타 교실에 나가지 않았다.

"보통 아이도 5년 넘게 기타 치면 얘 정도 실력은 되는 거 아닌가요? 괜히 가만있는 아이한테 헛바람 넣지 말아 주세요."

기타 형이 내가 절대 음감을 타고나서 기타리스트로 성공할 거라고 엄마를 설득했지만 소용없었다.

그때부터 나의 학원 순례가 시작되었다. 공부 잘하는 아이가 되어야 한다는 엄마 말에 별 불만도 없었다. 문제는 기타에서 나타났다는 그 천재성이 공부에서는 전혀 발휘되지 않는 거였지만.

"이제 어디 가서 제대로 된 상봉식 좀 하자."

남방을 질끈 허리에 동여맨 은철이가 머쓱해하는 나를 팔로 감았다.

은철이가 다짜고짜 끌고 간 곳은 세운 상가 앞 광장이었다. 더위를 피해 나온 사람들은 군데군데 돗자리를 깔고 모여 있었다.

"저녁 안 먹었지?"

은철이가 가방에서 삼각김밥과 샌드위치, 우유를 꺼내 죽 늘어놓았다.

"알바생이 뭔 돈으로?"

넙죽 집어먹기도 뻘쭘하고, 뒤로 빼기엔 좀 출출하긴 했다.

"배고픈 친구와 일용할 양식 좀 나눠 먹는 건데 뭐. 미안해할 것까진 없고."

은철이가 삼각김밥을 불쑥 내밀었다. 유통 기간이 끝난 식료품을 챙기는 건 편의점 알바생이 누리는 혜택 중 하나라며 은철이가 먼저 김밥을 우적우적 씹어 넘겼다.

"공부할 시간도 부족할 텐데 웬 아르바이트야?"

"여행 자금 모으는 중이야."

내가 SKY 대학에 들어가면 엄마는 유럽으로 가족 여행을 가자고 했다. 그게 가능할까? 지금의 내 실력으로는 어림없는 일이었다.

"여기가 사막이면 좋겠다."

은철이가 잔디밭 위로 길게 드러누웠다. 은철이의 눈을 따라 빌딩 숲 사이로 내려앉은 하늘을 올려다보았다. 가로등 불빛이 우리를 둘러싸고 커다란 원을 그렸다.

"학교는?"

"그만뒀어. 어차피 대학 갈 것도 아닌데 시간 낭비할 것 없잖아."

"뭐? 대학 안 가?"

대학을 안 간다고? 중졸로 학력을 끝내겠다니. 강편치의 어퍼컷을 당한 기분이 이럴까? 갑자기 멍해졌다.

"그럼 뭐 할 건데?"

가고 싶은 대학도, 하고 싶은 일도 없는 내가 이런 말을 하다니, 모래를 씹는 것처럼 입안이 서걱거렸다.

"내셔널지오그래픽 사진 기자 하려고."

"내셔널지오그래픽?"

내셔널지오그래픽이 지구 곳곳을 찾아다니며, 비밀스럽고 숨겨진 곳곳을 탐사하고 〈열대강우림〉, 〈베수비오스 화산〉 같은 다큐멘터리를 찍는 비영리과학재단이라는 것쯤은 알고 있었다.

"내가 왜 사진 기자가 되려고 하는 줄 알아?"

"너 옛날부터 사진 잘 찍었잖아."

"나한테 사진 기자의 자질이 있는 것 같아서."

"어떤?"

"몇 시간씩 굶고도 사람들한테 들키지 않고 숨어 있기, 내가 숨기의 달인이었잖아?"

나도 모르게 고개를 주억거렸다. 숨기뿐만 아니라 은철이는 머리 위에서 벼락이 떨어져도 꼼짝 않을 아이였다. 그런 무던함이 아이들의 따돌림과 형수의 폭력을 견뎌 내게 했을 거다.

"안 불안해?"

"뭐가?"

"사진 전공한 사람도 거기 들어가기 힘들다던데?"

쥐뿔도 아는 건 없으면서 넘겨짚었다.

"물론 힘들겠지. 그래도 적성에 안 맞는 공부하는 것보다는 나을 것 같아. 나침반만 있으면 길 잃을 걱정도 없고."

은철이는 제 목에 걸린 나침반을 눈앞으로 들이밀었다. 나침반의 바늘이 심하게 요동쳤다.

아이들이 괴롭혀도, 선생님이 닦달해도, 묵묵히 사진을 찍던 은철이가 부러운 적 있었다. 국어 시간에 적어 낸 은철이의 꿈은 오지 여행가였다. 그때 선생님은 여행가는 취미, 여가 활동이지 직업이 아니라며 공개적으로 은철이를 웃음거리로 만들었다.

"부모님이 반대하지 않았어?"

"당연히 반대하셨지."

은철이가 어깨를 들썩였다. 아들이 자퇴를 한다는데 뜨뜻미지근하게 넘어갔다면 그게 더 이상한 거였다.

"그럼 어떻게?"

"가출!"

은철은 자퇴하기까지 다섯 번의 가출을 감행했다고 했다. 가장 멀리 간 곳은 땅끝 마을이었고, 가장 빨리 잡힌 곳은 가출 이틀 만에 피시방이었다고 했다.

"그 일만 성공했으면 이렇게 널 만날 일도 없었을 텐데."

"왜 원양 어선이라도 타려고 했나 보지?"

나는 농담조로 되받아쳤다.

"어, 어떻게 알았어?"

네 번째 가출에 실패한 은철이는 아무도 찾을 수 없는 곳으로 숨을 계획을 세웠다.

"한 번만 더 집 나가면 아빠가 내 다리를 부러뜨리겠다고 그러시는데, 이번에 잡히면 죽을 것 같더라고."

은철이 찾아간 곳은 곰소항이었다. 마침 조기철이라 마을은 들고나는 배들과 비릿한 냄새로 가득했다. 허름한 여관방에서 조기잡이 배를 탄다는 젊은 조타수를 졸라 주말에 출항하는 배에 타게 해 달라고 매달렸다. 조타수는 순간의 선택이 평생을 바꾼다며 은철이를 달래려고 밤새 기를 썼다. 소주 두 병을 마시고 뻗은 사이, 연락받고 달려온 부모님에게 잡히면서 다섯 번째 가출은 끝이 났다.

"할머니가 자식 잃는 것보다는 낫다고 아빠를 설득하셨나 봐. 내가 5대 독자잖아."

요즘 세상에 장손, 독자 따지는 게 도움 될 줄 몰랐다며 은철이가 낄낄댔다.

"그런다고 포기하셨다고?"

"요즘 드는 생각인데 어쩌면 아빠는 내가 이쪽이든 저쪽이든 선택해 주길 바라셨던 것 같아. 내가 여행 다니고 사진 찍을 때만 살아 있는 것 같다고, 주민등록증 나오면 바로 집 나갈 거라고 협박한 게 먹힌 것 같기도 하고."

그러면서 은철이는 어떻게 살 것인가는 결국 자신이 결정하는 거 아니냐고 했다. 은철이의 말이 아프게 심장 한복판을 찔렀다.

"그렇게 힘들게 그만두고 기껏 편의점 알바야?"

순간 목소리가 튀어 올랐다.

"너 나를 아주 뜨문뜨문 보는구나."

친한 사이도 아니었으니 촘촘히 볼 일도 없었다. 은철이가 우유팩과 빵 봉지를 구겨 가방 안에 넣었다. 여전히 껄끄러운 사이였지만 촘촘히 보고 싶다는 호기심이 일었다.

"딱 공부 한 가지 포기했을 뿐인데 왜 이렇게 할 게 많냐? 히말라야도 오르고 싶고, 사막도 건너고 싶고…… 요즘은 서른 살이 되기 전에 가 볼 곳 목록 만들고 있다니까."

은철이가 가방을 둘러메며 탈탈 엉덩이를 털었다. 여행 경비만 모이면 전국의 산과 바다를 쏘다니며 사진을 찍겠다더니, 이젠 해외여행을 계획 중인 건가. 괜한 심통이 났다.

"그만 가 봐야겠다. 혹시 종로 쪽에 오면 들러라. 밥은 모르지만 컵라면 정도는 언제든지 먹게 해 줄 테니까."

굳이 싫다는데도 은철이는 버스 정류장까지 데려다주겠다며 따라나섰다. 퇴근 시간이 지나서인지 거리가 한산했다. 야자 빠지고 어디 갔었냐고 수학 문제집 열 장 푸는 벌을 받는 내내 엄마 잔소리가 이어지겠지? 가슴이 답답했다.

"길 위의 학교라고 들어 봤어?"

"길 위의 학교? 학교 이름이 좀…….”

내가 알고 있거나 주워들은 대안 학교 이름들을 다 떠올렸지만 그런 이름은 없었다.

"길 위에서 공부하는 학생, 로드 스쿨러? 왠지 가슴이 뛰지 않냐?"

길 위에서 뭘 배운다는 건지 의뭉 떠는 은철을 보니 어이없었다.

"관심 있으면 로드 스쿨러 카페에 들어가 봐."

은철이 지나가듯 툭 내뱉었다.

광화문 앞에서 버스를 탔다. 차창 너머 풍경이 하나도 눈에 안 들어왔다. 자퇴라는 과감한 선택, 제힘으로 여행 경비를 벌겠다는 열정, 당연한 인생 코스라 믿고 있는 대학을 안 가겠다는 당당함. 처음으로 은철이 부러웠다.

과외는 강사가 사는 오피스텔에서 있었다. 방학인데도 학교 다닐 때보다 더 피곤했다. 문자로 보내온 책과 문제집을 챙기느라 시간이 많이 걸렸다. 들어서자마자 쑥덕대던 다섯 아이들이 일제히 나를 쏘아보았다.

"여기 들어왔다고 우리와 같은 레벨이라고 오해하면 곤란해."

수진이 그렇게 말하자, 아이들이 눈을 희번덕댔다. 아이들이 뿜어 대는 냉기가 에어컨보다 더 추웠다. 도대체 뭔 소리를 하는지 하나도 알아들을 수 없었다. 수업은 좌절과 모욕의 연속이었다.

"너 때문에 진도가 안 나가잖아? 집에서 복습 안 하니? 못 따라오면 열심히라도 해야 할 것 아냐?"

강사는 아이들 앞에서 노골적으로 나를 깔아뭉갰다. 지난밤에도 학원 숙제를 하느라 새벽 2시까지 책상 앞에 있었다. 그런 얘기를 하는 게 변명보다 더 구차했다.

오피스텔을 뛰쳐나와 무작정 종로행 버스를 탔다. 낙원 상가에 가고 싶은 건지 은철이가 보고 싶은 건지 헷갈렸다.

편의점 안에는 아무도 없었다. 창고에 물건을 가지러 갔나 싶었다. 나는 컵라면을 꺼내 정수기에서 뜨거운 물로 컵을 채웠다.

"거기 계산 안 하고 먹으면 안 되는데."

점장인 듯한 사내가 짜증 섞인 목소리로 말했다.

"은철이는요?"

"누구?"

"여기에서 알바하던 제 친구요."

나는 주머니에서 천 원짜리 하나를 꺼내 카운터에 놓으며 말했다.

"어디 갈 데가 있다고 그만뒀는데."

벌써 해외여행이라도 간 걸까? 다리에 힘이 빠졌다.

"은철이 핸드폰 번호 좀 가르쳐 주세요."

"번호야 안다마는 네가 친구인 걸 어떻게 믿고……."

떨떠름한 기분으로 막 나서려는데 점장이 다급하게 불렀다.

"학생, 아르바이트 해 볼 생각 없나? 은철이가 돌아올 때까지 만이라도."

"생각 없는데요."

나는 잘라 말했다. 친구라는 걸 믿을 수 없다더니, 알바는 무슨. 꿈에도 생각해 본 적 없다.

현관에 들어서자마자 엄마는 풀 죽은 목소리로 말했다.

"과외 강사가 너 수학이 많이 뒤처진다고 전화했더라."

엄마의 얼굴이 잔뜩 일그러졌다. 내가 뛰쳐나간 건 말하지 않은 모양이었다. 과외 강사가 먼저 전화하지는 않았을 거다. 내가 진도를 잘 따라가는지 궁금한 엄마가 먼저 연락했을 테지. 강사 눈치 보랴, 아이들 분위기 맞추랴 과외 시간은 내게 지옥이었다. 요즘 나에게 필요한 건 편하게 숨 쉴 수 있는 자유였다. 지금쯤 은철이는 사막 어딘가에 있을까? 순간 편의점 사장의 얼굴이 퍼뜩 떠올랐다.

"나 단과 학원에 다닐까 봐요. 학원은 새벽 시간이니까 저녁 과외에도 지장 없을 테고 열심히 하면 이번 기회에 수학 기초를 잡을 수 있을 것 같아요."

"아침저녁으로 수학에 집중하겠다? 괜찮은 생각 같긴 한데……."

떨떠름한 말투와 달리 엄마의 눈빛이 흔들렸다. 그 학원이 지난해 SKY 합격률이 70퍼센트라는 둥 조금만 더 뻥을 쳤다가는 눈물이라도 쏟아 낼 태세였다.

"그럼 일주일만 다녀 보고 별 도움이 안 되면 바로 그만두는 거다, 알았지?"

몇 번의 다짐을 받고서야 엄마가 마지못해 허락했다.

그날 저녁, 나는 편의점 사장님에게 전화를 걸었다. 은철이 돌아올 때까지만, 하루 다섯 시간이라는 알바 조건을 달았다. 고맙다는 말을 듣는 순간, 세상을 다 얻은 것 같았다. 역시 자신을 믿어 보라는 은철의 말이 맞았다. 나는 처음으로 내 의지로 다섯 시간의 자유를 얻은 거였다.

드르륵드르륵!

핸드폰이 자지러지게 몸을 떨었다. 오전 5시 30분.

나는 허겁지겁 가방을 둘러메고 미끄러지듯 현관 앞으로 몸을 날렸다.

"장우야, 우…… 우유."

엄마가 부엌에서 득달같이 뛰어나왔다. 석회 가루가 들고 일어난 벽처럼 엄마의 화장한 얼굴은 꺼칠했다.

"우리 아들 요즘 공부가 재밌나 봐? 잠도 부족할 텐데 얼굴이 활짝 폈어.

"수업 끝나고 전화할 테니 괜히 전화하지 마세요."

내 말은 들은 척도 않고 엄마가 불쑥 우유를 내밀었다. 나는 단번에 우유를 마셨고 유리컵을 머리 위에서 흔들어 보였다. 엄마의 얼굴이 환해졌다.

"과외 잊지 않았지?"

나는 대답 대신 고개를 끄덕였다.

입안에서 바나나 향기가 돌았다. 바나나 우유를 사도 될 걸 엄마는 아침마다 바나나를 직접 갈았다. 어제보다 조금 진한 게 바나나 두 개쯤 갈아 넣은 것 같다.

"참, 논술 특강 하나 잡으려고 하는데 괜찮겠어?"

어쩐지, 우유 맛이 진할 때 미리 눈치챘어야 하는 건데.

"학원에다 과외까지 꽉 차 있는데 뺄 시간이 있겠어요?"

"왔다 갔다 시간만 잡아먹는 수학 학원을 그만두는 게……."

말끝은 흐렸지만 엄마의 말꼬리는 올라갔다.

"학원은 안 돼요. 아침 공부가 얼마나 효과적인데요."

"정말? 그럼 뭘 뺀다……. 엄마가 어떻게 해 볼 테니까, 이번 방학에 2등급 상위권으로 확실히 굳혀 보자."

엄마가 친절하게 현관문을 열어 주었다.

"아들, 파이팅!"

등 뒤에서 엄마가 콧소리를 냈다.

아파트 정문 맞은편 버스 정류장까지 숨도 쉬지 않고 달렸다. 이른 아침인데도 거리는 지난밤의 열기가 조금도 줄어들지 않았다.

"아침은 챙겨 먹고, 기환이 올 때까지 수고 좀 해 줘."

문밖으로 몸을 내밀고 점장은 턱으로 냉장고를 가리켰다. 기환 형은 나와 교대하는 알바생이었다. 지방 출신인 형은 어학 연수비를 벌기 위해 닥치는 대로 알바를 뛰고 있었다.

아침 시간에는 근처 사무실과 가게 사람들 말고는 별로 손님이 없었다. 물품 진열을 하고 가격표를 붙이는 일이 끝나면 점심 전까지는 바쁘지 않았다. 휴대폰으로 로드 스쿨러 홈페이지로 들어가 간밤에 올라와 있는 새 글들을 훑어보았다. 유튜브에 올라온 기타 연주 동영상을 볼 때는 행복하다는 생각까지 들었다.

편의점 안에서의 시간은 정말 빠르게 흘렀다. 찌찍. 바코드를 찍을 때마다 콧소리가 절로 나왔다.

출입문 위에 달린 종이 경쾌하게 울렸다.

"너, 장우? 긴가민가했더니 역시 너였어."

사촌 누나 강희였다. 눈알이 튀어나올 만큼 가슴이 벌렁거렸다.

"너 지금 여기서 뭐하는 거야? 설마 알바?"

누나는 믿을 수 없다는 듯 눈만 끔벅였다. 이럴 때일수록 정신 줄을 놓치지 말고 최대한 침착하게.

"여기까지 웬일이야?"

"친구들이 영화 한 편 보자고 그래서. 근처에 예술 전용 극장이 있잖아. 그런데 고모가 너 여기서 일하는 거 알아?"

누나의 목소리가 한 옥타브 올라왔다. 입꼬리까지 살짝 올라가는 입매가 신경 쓰였다. 명문대에 입학하면서 집안의 기대주라는 관심과 부추김을 한 몸에 받던 누나였다. 지난 설에 할아버지 댁에서 만난 강희 누나는 죽어라 공부해서 대학 갔더니 이젠 또 취업 공부에 시달린다며 입이 댓 발은 나왔다. 누나는 취업 준비하는 노력으로 빵을 구웠으면 장안 최고의 제빵사가 되었을 거라고, 심각하게 전문대 편입을 고려하겠다고 해서 어른들을 기절시켰다.

"집에 무슨 일 있어? 아니면 지금 반항 중?"

강희 누나는 제 맘대로 시나리오를 써 댔다.

"친구한테 일이 생겨서 대신 하는 거야. 다음 주에 끝나니까 엄마한테는 비밀로 해 줘."

"고딩 시절을 너무 순하게 보낸 게 후회돼서라도 네 말대로 해 주고 싶지만 세상에 내 눈만 있는 건 아니잖아?"

벌써 2주째로 접어들었다는 내 말에 누나는 어깨를 들썩였다.

"사연 같은 건 궁금하지도 않고 나처럼 범생이 과인 줄 알았는데…… 어쨌든 대단하다. 들키지 않고 무사히 20일 채우면 내가 한턱 쏠게."

누나가 나가면서 한쪽 눈을 찡긋했다. 누나를 믿어 보기로 했다. 하긴 그것 말고 내가 할 수 있는 일도 없겠지만.

점점 일이 손에 익으면서 진짜 알바 체질을 타고난 것 같았다. 기타 치던 그때의 기분이 되살아났다. 자유의 달콤함, 노동의 기쁨, 적당한 배고픔이 주는 긴장감, 열 평도 안 되는 편의점 안에서 세상이라는 바다를 항해하는 것처럼 즐겁고 신났다.

편의점 안으로 들어서자 점장님이 기다렸다는 듯 엽서를 흔들었다.

"어제 기환이가 받아 놨나 보더라."

기환이 형이 내가 알바하고 있다는 걸 알려 줬을 테지. 은철의 엽서는 희뿌연 안개 속으로 멀리 등대 불빛이 보였다. 항공 우편이 아닌 걸 보니 사막까지는 아직 안 간 모양이었다.

네가 알바라니? 기절초풍할 일인데 기분은 나쁘지 않은걸.

난 로드 스쿨러 수업을 시작했어. 전국의 숨은 근대 유적지를 찍을 생각이야. 인천을 돌았고 주말엔 부산으로 갈 거야. 안개 속에서도 길이 보인다는 말 믿어? 몰운대에 가면 그걸 확인할 수 있을 거야.

추신. 해운대에서 아마추어 기타 페스티벌이 있대. 부산에서 보자.

― 은철

은철의 엽서에는 어디에 가는지, 언제 돌아온다는 말 따윈 없었다. '보자'는 말은 예언 같았고, 엽서 밑에 크게 그려 넣은 나침반은 은철이 안전한 곳에 착륙했음을 뜻하는 것 같아 가슴이 찡했다.

그만두겠다는 말에 점장은 책임 어쩌고, 약속 저쩌고 하면서 펄쩍 뛰었다. 사흘 안에 알바생을 구하겠다는 약속을 받고 주말까지 나오는 걸로 의견이 좁혀졌다. 다섯 시간의 자유는 짜릿하고 달콤했지만 개학이 코앞이라 새벽에 나올 명분이 없어졌다. 무엇보다 꼬리가 길면 밟히는 법이니까.

현관문을 여는 순간 냉랭한 기운이 확 끼쳤다. 이 불길한 기운은 뭐지?

"이, 이장우!"

엄마는 목소리만 떨리는 게 아니라 금방이라도 쓰러질 것 같았다.

"눈알 빠지게 공부해서 진짜 피곤하단 말이에요."

나는 가방을 거칠게 내던지며 목소리를 높였다. 그때 잔뜩 힘을 실은 엄마의 손바닥이 내 얼굴을 후려쳤다. 200볼트의 전류가 관통하는 것처럼 온몸이 휘청댔다.

"뭐, 눈알 빠지게 공부했다고?"

엄마의 숨소리가 거칠었다. 설마 강희 누나가? 그런 의심과 원망도 잠깐이었다.

"당장 그만둬. 내일부터 외출 금지야."

"싫어요. 계속 나갈 거예요."

"뭐? 너 갑자기 왜 그러니? 도대체 뭐가 불만인데?"

엄마의 분노 게이지가 높아질수록 이상하게 나는 점점 느긋해졌다. 누가 찔렀든 상관없었다. 차라리 잘된 일이었다.

"엄마가 원하는 대로 살려면 앞으로도 20년은 공부만 해야 할걸요. 공부를 안 하겠다는 게 아니에요. 알바할 때 공부도 더 잘되고, 또……."

"얘가 지금 뭐라고 하는 거야. 단과 학원 등록했다는 게 편의점 알바였어? 감쪽같이 엄마를 속이더니 이젠 공부가 더 잘된다고 억지나 부리고, 너 제정신이긴 한 거야?"

숨넘어갈 듯 엄마가 펄쩍 뛰었다.

"엄마는 다 나를 위해서 그랬다지만, 난 계속 엄마 공부를 대신 하는 느낌이었다고요. 공부를 왜 하는지 모르겠어요. 차라리 알바할 때는 내가 지금 돈 벌고 있구나 그런 생각이……."

내 말이 길어지면 길수록 엄마의 눈이 점점 커졌다.

"너, 엄마 아들 맞아?"

울음을 터뜨리기 일보 직전에 돼서야 엄마는 소파에 주저앉았다.

나를 감시하려고 엄마는 회사에 갑자기 할머니가 병원에 입

원했다며 거짓말까지 했다. 엄마는 인강 볼 때도 내 옆에 붙어 있었고 오피스텔까지 실어다 주며 나의 일거수일투족을 감시했다. 내가 이렇게 된 게 엄마의 방심이 불러온 사고라고 자책하며 스스로를 괴롭혔다.

책상 앞에 앉아도 책이 눈에 들어오지 않았고 강사의 말도 벌 떼들의 웅웅거림으로 들렸다. 배신 어쩌고 하면서 날뛰고 있을 점장과 나 때문에 아침부터 고생할 기환 형이 자꾸만 떠올랐다. 은철이는 지금 어디 있는 걸까?

적당한 때란 없어. 지금이 바로 적당한 때라는 거지.

친구들, 모두 힘내자고.

로드 스쿨러 카페에서 은철이 글을 찾았을 때는 신대륙을 발견한 것처럼 기뻤다. 은행, 박물관 같은 이름난 건물 몇 컷과 함께 담쟁이로 가려지거나 담장이 거의 허물어진 옛날 집들을 찍은 사진들이 보였다. 글의 마지막은 〈몰운대에서〉라는 제목이 붙은 사진이었다. 한 치 앞도 보이지 않는 짙은 안개 너머 저 멀리 점처럼 섬이 떠 있었다. 몰운대는 정자 이름 아닌가?

'안개가 죽어 가는 곳 몰운대.'

네이버 검색에는 그렇게 적혀 있었다. 은철이의 사진을 내려 받고 핸드폰 바탕에 깔았다.

사진을 한참 동안 들여다보았다. 저 속에 있으면 길을 잃어 버려 불안하기도 하겠지만, 안개가 걷힐 거라는 희망으로 견딜 수 있을 것 같았다. 온몸이 안개비에 축축하게 젖어드는 기분 이었다.

아무리 기를 써도 수학 책이 눈에 들어오지 않았다. 내 손가 락은 어느새 기타 형이 올렸던 동영상을 찾고 있었다. 내 키만 한 기타를 안고 조막만한 손으로 기타를 뜯고 있는 열 살의 내 가 거기 있었다. 밤새 기타 연주 동영상을 보고 또 봤다. 특히 이 강호 형이 운영하는 유튜브 채널에 올라온 모든 연주는 내 심장 을 쫄깃하게 만들었다.

"장우야, 뭐해? 빨리 나오지 않고!"

전화기 속에서 엄마가 연신 재촉했다. 아파트 입구에서 기다 리니 빨리 내려오라고.

6시 이전에 차 탈 거면 바로 해운대로 와. 전철 타는 게 제일 빨라.

은철이의 메시지를 보고서야 오늘이 기타 페스티벌이 있는 날이라는 게 기억났다. 은철이 혼자 북 치고 장구 치고 한 일이었다. 한 번도 부산에 가겠다는 기미를 내비친 적 없으니 은철이의 기다림까지 책임질 필요는 없다. 그렇게 생각할수록 가슴이 벌떡거렸다.

"어제 늦게까지 불 켜져 있던데. 자신 있는 거지?"

수학 등급 시험이 있는 날, 엄마는 오피스텔까지 데려다주겠다고 나섰다. 시간을 줄여야 한다는 건 핑계고 차 안에서 한 문제라도 더 보라는 무언의 압력이었다. 엄마의 성화에 못 이겨 서둘러 나왔는데도 차들이 밀렸다. 가다 서다를 반복하며 오피스텔이 있는 사거리에 도착한 것은 4시 가까워서였다. 자꾸 핸드폰에 눈이 갔다. 두 정거장만 가면 서울역이고, 6시 전에만 차를 타면 간당간당하겠지만 페스티벌에는 갈 수 있다.

"오늘따라 왜 이렇게 막히는 거야."

엄마는 다 식은 커피를 마시거나 에어컨을 높였다 낮췄다 하며 연신 투덜거렸다.

"여름휴가 때문인가 봐요."

"그렇겠다. 2년 뒤엔 우리도 해외로 여행 가자. 그땐 너도 대학생이 되었을 테니까 마음 놓고 쉴 수 있을 거야. 지중해 바다

어때?"

엄마는 사거리 신호등까지 밀려 있는 차들이 자기 때문인 것처럼 필요 이상으로 밝게 말했다. 가까운 곳에서 앰뷸런스의 요란한 사이렌 소리가 들려왔다.

"사고가 났나 봐요. 걸어가는 게 더 빠를 것 같아요. 화장실도 급하고요."

"금방 빠질 거야. 조금만 참아 봐."

"안 될 것 같아……."

나는 아랫배를 부여잡고 앓는 소리를 했다.

"아침에 장염 약 안 먹었어?"

얼굴을 찡그리며 나는 고개를 끄덕였다.

"그래, 그럼. 나중에 집에서 보자."

편의점 유리창 앞에서 엄마에게 손을 흔들어 보였다. 신호등이 바뀌고 엄마 차가 조금씩 움직이기 시작했다.

편의점 뒷문을 나와 미친 듯이 달렸다. 얼마 가지 않아 버스 정류장이 나왔다. 서울역 가는 버스에 올라탔다.

버스 창 너머로 분주하게 오가는 사람들, 가로수들이 휙휙 지나쳤다. 매일 오가던 똑같은 거리인데 어제의 그 풍경이 아니었다. 서울역 환승 센터까지 겨우 두 정거장인데, 버스를 밀고 온 것처럼 숨이 찼다.

'길 위에 서야 비로소 길이 보인다.'

휴가철을 겨냥해 걸어 둔 플래카드가 눈에 들어왔다. 나는 계단을 힘껏 뛰어올랐다.

스카이 콩콩

〈외계 과학 기술, 어디까지 왔나?〉

카페지기 UFO헌터는 강연에 나타날 것이다. 'UFO를 찾는 사람들' 카페지기인 그에게 이번 주제는 심장이 오그라들 정도로 매혹적일 테니까.

강연은 코스모스책방에서 한다고 했다. 전직 과학 잡지 기자가 꾸리는 책방이었다. 과격한 이론으로 물의를 일으켰던 강연자는 학계에서는 따돌림을 당하고 있지만 나름 재야의 고수였다. 그렇다 해도 책방 주인과 막역한 사이가 아니라면 그런 작은 곳에서 강연할 사람이 아니었다.

서울 외곽에 있는 책방까지 가려면 두 시간은 족히 걸릴 것이다.

무슨 일 있어?

결석할지도 모른다는 문자에 답글을 보낸 건 동아리 신입 회원 은하였다.

"우주 어딘가에 지구 비슷한 행성이 있으면 뭘 해. 갈 방법이 없는데……."

UFO를 믿지도 않으면서 은하가 동아리에 들어오겠다고 했을 때만큼이나 뜨악했다. 쫑알쫑알 투덜대는 은하의 얼굴이 떠올라 찜찜했지만 답글을 보냈다.

세미나에 가. 누굴 좀 찾으려고.

동아리 친구이자 카페 회원이기도 한 진구가 이 사실을 알면 펄쩍 뛰겠지만. 진구한테 블랙버젯 문제로 카페지기를 만나러 간다고 그랬으면 따라가겠다고 생떼를 부렸을 거였다.

성공을 빌게.

출근 시간과 맞물려 지하철은 꿉꿉한 땀내와 화장품 냄새로 숨 쉬기조차 힘들었다.

'이게 무슨 고생이람.'

블랙버젯이 다시 카페에 나타난 건 석 달 전이었다. 그간의 공백을 메우기라도 하듯 그는 하루가 멀다 하고 장문의 글을 올렸다. 나도 '흥미로운 글, 잘 읽었다' 같은 칭찬 섞인 댓글을 달았다. 그때마다 '^^'나 'Thank You' 이모티콘으로 답글을 달아서 그사이 무슨 일이 있었나 보다 막연히 짐작만 했다.

내가 카페에 가입한 것도 블랙버젯 때문이었다. UFO나 외계인 관련 카페가 많았지만 대부분이 '카더라' 식의 유언비어나 대책 없이 우기는 식의 글이어서 그중 블랙버젯의 글은 단연 돋보였다. 수천만 개의 은하 속에 외계인이 살고 있다는 이유를 어찌나 논리적으로 풀어내는지, 반하지 않을 수 없었다. 더구나 그의 닉네임 블랙버젯이 우주 과학자들, 기술자들, CIA 요원 같은 전문가들이 외계인과 함께 신무기와 첨단비행물체를 연구 개발하는 미국 정부의 비밀 프로젝트 이름이라는 걸 알고는 더욱 그에게 빠져들었다. 그런 그가 얼마 전부터 자기 닉네임과는 180도 다른 논조로 글을 올리기 시작했다.

UFO와 외계인이 절대 존재할 수 없다는 것을 과학적 근거를 들어 증명하는 식의 글이었다. 그것에 그치지 않고 자기와 생각이 다른 글에 드러내 놓고 딴지를 걸고, 비공개 메일을 보내 게시글에 대한 자기 의견을 피력했다. 그렇다고 무례하게 욕설을 퍼붓거나 비웃음 섞어 강짜를 부리는 건 아니었다. 지나치리

만큼 냉정하고 이성적으로, 상대방 글의 비논리성을 지적하면서 조곤조곤 할 말 다하는 식이랄까. 그게 나를 더 화나게 만들었다.

> 손바닥만 한 대한민국에서 며칠에 한 번씩 UFO가 출몰한다는 게 좀 거시기했는데 블랙버젯의 글 때문에 제 생각이 틀리지 않았다는 확신이 들었어요. 땡큐. ^^
> 이 글도 역시나 톡 쏘는 사이다 맛! 블랙버젯 님은 케네디 우주센터에 근무하셔도 될 듯요.

블랙버젯의 글에 달린 댓글을 볼 때마다 모니터를 박살 내고 싶을 지경이었다.

'블랙버젯……, 도대체 넌 누구야?'

블랙버젯이 카페를 휘젓고 다닐 동안 내가 알아낸 거라곤 지난 5년 동안 카페 활동을 접었다가 최근 재개했다는 것, 과학 잡지에서 그의 글을 퍼다 쓸 정도로 꽤 인기를 모았다는 것, 돌연한 실종이 미국 유학 때문일 거라는 소문이 돌았다는 것, 천체물리학을 전공하는 대학원생이라는 것…… 정도였다.

최근 내가 올린 「우주 역사가 UFO를 증명한다」라는 글만 해도 그렇다. 어떤 카페에서 올라온 「우주는 무한하며 외계인(E.T.) 은 무수히 많다」, 「2천 년 전, 베들레헴 별은 UFO였다」라는 글을 보고 자타 공인 UFO 전문서인 『상대적이며 절대적인 UFO 백과사전』을 토대로 재해석한 것이었다. 그 글을 쓰느라 거짓말 좀 보태 일주일 동안 잠도 못 잤다. '고고학과 우주 과학의 절묘한 만남' 그런 댓글에는 가슴이 벅차고 뿌듯했다. 블랙버젯의 댓글을 보기 전까지는.

⮡ 설마 예수님이 외계인이라고 우기는 건 아니죠? 님의 편협한 시각이 심히 걱정되네요. 게시판 259번 글을 꼭 읽어 보시길.

게시판 259번 글은 「증명하지 못하면 존재도 부정된다」는 페르미의 역설을 해석한 블랙버젯의 글이었다.

블랙버젯은 내 글이 어설픈 논리들을 짜깁기한 거라 조금만 뜯어보면 허점투성이라고 비꼬았다. 이상한 건 게시글은 깜짝 놀랄 정도로 논리적인 데 비해 댓글은 다분히 감정적이라는 점이었다. 매번 이런 티격태격은 '시각 차이'라며 흐지부지 끝났지만 그런 날은 흥분해서 카페지기에게 쪽지를 보냈다. 블랙버젯이 카페 존립마저 위협할 수 있으니 어떤 식으로든 조치를 취해야 하지 않겠냐는 게 대부분이었다. 그때마다 카페지기는 어정쩡한 태도로 대충 얼버무리거나 대놓고 묵살했다. 나중에는 은근히 나와 블랙버젯의 입씨름을 부추기는 게 아닌가 하는 의심까지 들었다. 그게 나를 더 화나게 만들었다. 참다못한 내가 만나자는 쪽지까지 보냈지만 회원들과는 개인적인 관계를 맺지 않는다는 이유로 거절했다. 그러던 차에 이 강연을 알게 되었다.

전철에서 내려 20분가량 걷자 공원 끝자락에 책방 간판이 보였다.

문을 들어서는 나를 보고 사장은 놀란 눈치였다. 이런 강연을 듣기엔 턱없이 어려 보였던 걸까?

"교수님 팬이거든요."

무슨 말을 더 하려다 사장은 눈짓으로 위층을 가리켰다.

"어린 친구가 팬이라는 걸 알면 교수님이 좋아하시겠군. 2층에서 할 거니까 올라가서 기다리든가…….."

"강의 신청을 미리 못 해서요. 여기…….."

내가 우물쭈물하며 돈을 내밀자 사장이 손을 홰홰 저었다.

"학생에게 참가비 받는 건 좀 그렇고…… 대신 참석자 명단 체크 좀 해 줄래? 혼자 하다 보니 할 일이 많네."

의외의 수확이었다. 막상 카페지기를 부딪치더라도 어떻게 알아볼지 막막하던 터였다.

"네, 좋아요."

카페지기는 열 시가 다 되어서야 헐레벌떡 뛰어왔다. 이름이 김종득이라는 것도, 대전에서 올라왔다는 것도 알게 되었다. 강연자의 명성 때문인지 외진 곳인데도 이른 시간에 사람들이 꽤 많았다. 대학생 형들, 책깨나 읽었을 것 같은 누나들, 새치머리 희끗희끗한 아저씨들……. 이렇게나 다양한 사람들이 외계인과 우주에 관심을 갖고 있다는 게 놀라웠다.

교수는 1977년 가을, 칼 세이건과 다섯 친구들이 한국어를 포함해 55개 언어로 녹음된 인사말, 고래 소리, 인류의 모습, 평화의 메시지가 담긴 〈Sounds of the Earth(지구의 속삭임)〉 골든 디스크를 보이저 1호와 2호에 실어 우주 공간에 보낸 이야기로 강연을 시작했다. 강연자는 외계와 교신하는 데 단초가 될 골든 디스크를 어떤 외계 행성이 발견했을지도 모른다며 흥분했다. 외계에서 보내오는 신호를 지구인의 과학 기술로 해독하지 못하는 게 안타까울 따름이라는 말에 강의실 안이 술렁였다.

카페지기에게 신경 쓰느라 강의에 집중할 수 없었지만 뻔히 아는 얘기라 강의는 그저 그랬다. 현실의 발꿈치에도 못 미치는 이론의 편협함이랄까.

뒤풀이 모임에 같이 가자는 사장의 손을 뿌리치며 책방을 뛰쳐나왔다. 카페지기를 놓치면 헛걸음이 될 테니 차를 타기 전에 잡아야 했다. 공원 쪽으로 느릿느릿 걸어가는 카페지기의 뒷모습이 보였다.

"UFO헌터 맞죠?"

"아까 그 알바생?"

"카페 회원이에요. 여러 번 쪽지 보냈는데."

고개를 갸웃하던 카페지기는 곧 이마를 찡그렸다.

"혹시 파파이티? 누가 UFO 타고 사라졌다던."

파파이티는 내 닉네임이다. '아빠는 ET' 뭐 그 비슷한 뜻이다. 내가 고개를 끄덕이자 카페지기는 가까운 벤치로 가 엉덩이를 걸쳤다.

"그 사람이 누구였어?"

"아빠요."

"설마?"

내가 처음 UFO를 본 건 초등학교 4학년 때였다. 그날은 아빠를 마지막으로 본 날이었다.

잘나가는 건축사였던 아빠가 달라진 건 안산 아파트 현장에서 돌아온 후였다. 회사에 나가지도 않고 아빠는 칩거에 들어갔다. 두꺼운 커튼으로 둘러진 컴컴한 방에서 무슨 일을 하는지 알 수 없었다. 엄마가 우성이 생각해서 정신 좀 차리라고 애원해도 소용없었다. 할머니, 고모까지 방문 앞에서 소리치고, 달래도 아빠는 움쩍 않았다. 결국 회사에서 잘리고서야 아빠는 방을 나와 전국을 돌아다니기 시작했다. 말이 여행이지 그 무렵 아빠는 무엇엔가 홀린 사람 같았다. 도대체 어디를 가냐고 다그치면 아빠는 고향 어쩌고 하며 뒷말을 얼버무렸다. 주민등록증에 적힌 아빠 고향은 서울시 서대문구 봉원동 120번지였다.

그날 저녁, 아빠는 늦은 저녁으로 라면을 끓여서 퉁퉁 불은 라면 가락 하나 국물 한 모금까지 다 마셨다.

"마지막이 될지 모르니까 이건 기념품으로 가져가야겠다."

아빠는 빈 라면 봉지를 주머니에 집어넣었다.

"아빠랑 산책하지 않을래?"

아빠와 나는 놀이터가 내려다보이는 뒷산 언덕에 나란히 앉았다. 별 하나 보이지 않는 하늘을 올려다보며 아빠가 웅얼거렸다.

"저 많은 별들 중에 외계인 행성도 있겠지?"

"난 외계인 싫어."

"왜?"

"괴물처럼 생겼잖아. 지구에 쳐들어오면 어떡해."

"그건 만화와 영화에 나오는 얘기고. 너도 엘리어트가 부럽다고 했잖아?"

⟨E.T.⟩는 그 무렵 아빠와 함께 본 비디오였다. 이티는 착한 외계인이었다. 자기가 사는 행성으로 돌아가기 위해 이티는 창고에 쌓인 잡동사니로 통신 장비를 만들었다. 엘리어트와 이티가 손가락을 맞대는 마지막 장면의 이별 의식을 보면서 아빠와 나는 훌쩍대다가 이티 식 인사를 따라하며 낄낄댔다. (아직도 나는 아빠가 떠오를 때마다 ⟨E.T.⟩를 본다.)

"아빠가 외계인이면 어떨 것 같아?"

"그런 말 하지 마. 진짜 무섭단 말이야."

"우리 아들만은 다를 줄 알았는데, 순 겁쟁이네."

아빠가 웃음을 터트렸지만 얼굴은 이상하게 굳어 있었다.

"줄 만한 게 없네. 이건 아빠 선물."

아빠가 쥐고 있던 만 원짜리를 내 손에 쥐여 주었다. 생일도, 어린이날도 아닌데 아빠한테 선물을 받은 건 처음이었다. (난 그 돈을 『코스모스』 책 안에 고이 모셔 놓고 있다. 한참 뒤에 나는 만 원짜리 지폐에서 고대 별자리를 그린 '천상열차분야지도'를 발견했다. 그곳 어딘가에 아빠가 찾은 고향 별이 있을 거라고 믿는다.)

"엄마 말 잘 듣고, 어디에 있든 아빠는 널⋯⋯."

눈물이 그렁그렁한 아빠의 눈을 보아서인지 나도 모르게 콧등이 시큰했다. 새삼스럽게 아빠는 나를 와락 껴안고는 한참 동안 놓아주지 않았다.

"아빠 어디 가?"

"고향에."

"아빠 고향은 서울이잖아?"

내가 어리둥절한 사이 아빠는 봉긋하게 솟은 산등성이 너머 좁은 길을 빠르게 걸어갔다. 잠시 후 나무 사이로 여러 갈래의 밝은 빛줄기가 보였다.

'쉬, 쉬이익!'

숲 안쪽에서 바람 소리인지, 풀벌레 소리인지 모를 이상한 소리가 들렸다. 잠시 후 주변이 환해지더니 번쩍거리는 둥근 물체가 나무 위에 멈춰 섰다.

"아빠, UFO야!"

나는 숲을 향해 소리쳤다. 내 외침을 못 들었는지 아빠는 뒤돌아보지 않았다. 잠시 후 나무들이 일렁거리고 그 사이로 희끄무레한 것이 둥근 물체 속으로 쑤욱 달려 올라갔다.

"아빠?"

내가 눈가를 훔치고 고개를 들었을 때 UFO는 보이지 않았다.
그날 이후 아빠를 떠올리면 늘 목젖이 따끔거렸다.

"너, SF영화 덕후지? 영화에서 많이 보던 장면이라서 말이
야."

카페지기가 내 얼굴을 빤히 보며 벙싯거렸다. 〈필사의 도전〉,
〈콘택트〉, 〈크로스 인카운터〉에서부터 〈인터스텔라〉, 〈그래비
티〉, 〈마션〉에 이르기까지 SF영화, 특히 광활한 우주가 펼쳐지는
영화 장면을 수십 번 반복해서 보긴 했다. 외계인이나 UFO가
나오지 않는 건 불만이었지만.

"설마 아빠가 살아 계신다고 믿는 건 아니지?"

"그렇게 믿으면 안 되나요?"

나도 영화와 현실쯤은 구분하는, 지극히 정상적인 사고를 가
졌다고 항변하려다 그만두었다. 경찰도, 친구들도, 할머니도, 엄
마조차 내 말을 믿지 않았다. 카페지기의 그런 반응에 실망하지
않은 건 당연했다.

"아빠 때문이라면 다른 방법을 찾는 건 어때? 실종 신고라든
가."

"경찰이 전국을 다 뒤졌는데도 못 찾았어요."

"이름을 바꿨을 수도 있고, 또 아님 사고로……."

경찰들과 똑같은 어투로 카페지기가 말할 때는 머리꼭지가 홱 돌았다.

"아빠는 살아 있어요. UFO를 타고 떠나는 걸 똑똑히 봤다니까요."

바락바락 악을 써 대자 카페지기가 당황했는지 주위를 힐끔거렸다.

"다른 목격자가 있음 또 모를까, 그때는 너도 어렸으니까 충격받아서……."

카페지기의 말 때문에 까맣게 잊고 있던 일이 떠올랐다.

"아, 있어요. 후드티!"

"후드티? 개나 소나 다 입는 거잖아?"

"보면 딱 알아볼 수 있어요. 그 후드티를 입은 누나가 UFO를 보고는 괴성을 지르고 펄펄 뛰고 난리도 아니었어요."

"그 사람도 UFO 탔어?"

"그게 잘 기억이 안 나요."

"어째 지어낸 이야기 같은데……."

카페지기가 큼큼 헛기침을 쏟더니 이내 정색했다.

"오늘 여기 온 거 블랙버젯 때문이지?"

"올리는 글마다 열불나게 하잖아요. 그런 글 가만두면 카페 망가지는 건 순식간이에요. 빨리 해결해야 하는 거 아니에요? 강퇴면 더 좋겠지만."

블랙버젯의 뻔뻔한 글이 떠올라 다시 속이 뒤집혔다.

"반대 없는 진실은 존재하지 않는 법이야. …… 블랙버젯의 글 읽으면서 넌 이상한 거 못 느꼈어?"

"이상한 거요? 눈앞에 있음 벌써 한 대 갈겼을 거예요."

내가 불퉁대자 카페지기가 벙긋대며 내 어깨에 팔을 걸쳤다.

"난 블랙버젯에게 무슨 사연이 있을 거라는 생각이 들던데. 갑자기 정반대의 논리를 펼치는 게 어쩌면 UFO 존재를 더 믿고 싶어서 그런 건 아닐까 싶기도 하고. 강한 부정은 강한 긍정의 다른 표현이라잖아?"

그러면서 카페지기는 블랙버젯의 글이 없다면 우리 카페가 일베랑 뭐가 다르겠냐, 너 같은 사람이 있으면 블랙버젯 같은 사람도 있어야 건강한 카페라며 그 녀석을 감쌌다.

다음 날 교실에 들어서는 나를 보자마자 진구가 한껏 입을 찢었다.

"역시 은하 재, 의리 있더라. 둘이 언제부터냐?"

진구는 팔로 목을 감고 귓불에 콧김을 뿜어 댔다.

"징그럽게 왜 이래?"

"선생님한테 네가 동아리 일로 중요한 세미나에 갔다고 하더라. 너 정말 세미나에 갔던 거야?"

대답도 않고 은하 쪽을 봤다. 꽉 다문 입술과는 달리 눈은 웃고 있었다. 저런 웃음, 사람 기분을 묘하게 만들었다.

'외찾지'에 들어오겠다고 하기 전만 해도 은하에 대해 손톱만큼의 관심도 없었다. 나에게 교실은 '하루견과' 봉지 같은 거였고, 아이들은 그 안에 섞여 있는 호두나 아몬드, 블루베리 조각 같은 것이었다. 그중 은하는 못생긴 렌틸콩이랄까. 콩이라기에는 좀 작고, 수수라기엔 콩 맛이 강한 이상한 곡류 말이다.

'외찾지'는 외계 행성을 찾는 지구인들의 모임이라는 학교 동아리다. 외계, UFO, 우주에 대해 관심이 많을 줄 알았는데, 막상 동아리를 시작했을 때는 겨우 열 명 모였다. 애니 특성화고라서 공부 따윈 포기한 줄 알았더니, 아닌 모양이었다. 아이들 대부분이 동양화, 서양화, 일러스트 뭐 이런 동아리와 영어소설읽기반, 집중수학반 이런 데로 죄 몰린 걸 보면 말이다.

"왜 하필 우리 동아리야?"

"진짜 외계 행성이 있는지 궁금해서."

"네가 그런 데 관심 있다니, 의외다."

"사실은 어떤 사람 때문에."

"어떤 사람?"

"담임 선생님께서 여기 추천해 주셨어. 그냥 받아 주면 안 돼?"

은하는 교묘하게 내 질문을 피하며 과학 담당인 담임 선생님까지 끌어들였다. 다른 동아리에 비해 턱없이 모자란 회원 수 때문에 찬밥 더운밥 가릴 처지가 아니었다. 더구나 전교 1등인 은하라면 호박이 넝쿨째 굴러온 셈이었다. 회원들 틈에서도 은하는 별로 모나게 굴지 않았다. 모임에도 빠지지 않고 과제도 열심히 해 왔다. 두 달에 한 번 있는 천문대 답사에도 꼬박꼬박 나왔다. 그런다고 은하에게 특별한 관심이 생겼다는 건 아니지만.

"톡, 토톡, 톡, 톡톡⋯⋯."

그때 은하가 모스 부호를 찍듯 볼펜으로 책상을 두드렸다. 정확하게 2시간 35분 만이다. 이제 30분 뒤엔 얼굴에 수분 스프레이를 뿌려 댈 것이다.

동아리에서 외계 행성에 신호를 보내자는 의견이 나왔을 때 은하가 자청하고 나섰다. 그럼 됐지, 스프레이는 왜 뿌리는 건지.

'하여튼 이상한 쪽으로 열심이라니까.'

수업 끝나자마자 도서관으로 뛰어갔다. 사서 선생님이 반갑

게 맞아 주었다. 애니 특성화고에 가겠다고 하자 엄마는 반대도 찬성도 아닌 애매모호한 태도를 보였다. 아빠 없이도 별다른 말썽 부리지 않고 살아 주는 게 다행이라며 할머니가 내 편을 드는 바람에 어물쩍 넘어갔다.

컴퓨터 앞에 앉아 카페에 접속했다. 사서 선생님이 어깨너머로 얼굴을 들이밀었다.

"너 맨날 들락거리는 카페, 이상한 데 아니지?"

"당근이죠."

카페 회원들은 일주일이 멀다 하고 UFO 촬영 동영상을 올렸고 그 아래에 다른 회원들의 댓글이 줄줄이 달렸다. '블랙버젯'의 글부터 찾았다.

"블랙버젯 좀 멋있지 않냐?"

언제 따라붙었는지 진구가 뒤에서 염장을 질렀다.

"멋있긴 개뿔! 그렇게 잘난 척하고 싶으면 다른 데도 많잖아. 하필이면 여기 와서 분탕질인데."

분통을 터뜨렸지만 '블랙버젯'이 올린 글이 조회 건수 천 회를 넘기는 현실 앞에서는 꼬리를 내릴 수밖에 없었다.

기고만장한 블랙버젯을 무릎 꿇릴 방법은 UFO가 지금도 지구를 찾아오고 있다는 증거를 들이대는 수밖에 없었다.

"오늘도 거기 가?"

진구는 뻔질나게 놀이터로 달려가는 나를 '병적인 집착증' 아니냐며 코를 벌름거렸다.

"잠깐 들르기만 하려고. 아빠 제사라서."

"제사?"

"그렇게 됐어. 지난달에 경찰서에서 실종 조사 종료한다는 통보가 왔거든."

"돌아가셨다고 믿지도 않는데 제사 지내려면…… 기분 이상하겠다."

진구가 내 어깨를 꾹 쥐었다 놓았다.

몇 개의 횡단보도와 골목을 지나자 낯익은 풍경이 눈에 들어왔다. 미끄럼틀, 철봉, 나무 벤치, 벤치를 덮을 만큼 무성한 단풍나무. 놀이터 뒤 좁은 길을 따라가자 아홉골계곡이 나왔다. 뒷산에 꼬리 아홉 개 달린 여우가 살았다는 이야기가 있는 걸 보면 예전엔 제법 계곡이 깊었나 보다.

순전히 엄마 맘대로 정한 제삿날이지만, 아빠 무덤을 찾아가는 아들 같아 찜찜했다.

'아빠, 기분 나쁘지 않죠? 할머니랑 고모 때문에 어차피 제사는 못 지낼 거예요.'

놀이터를 빠져나오는데 놀이터 시소 위에 조금 전까지 보이지 않던 시커먼 뭉치가 놓여 있었다. 머리카락이 쭈뼛 섰다. 숨을 죽인 채 다시 돌아봤을 때 뭉치가 잠깐 꿀렁거렸다.

가로등 아래에서 찬찬히 보니 시커먼 뭉치는 후드티를 입은 사람이었다. 내가 그 뭉치에게 정신없이 달려간 이유는 후드티에 새겨진 문양 때문이었다. 세 겹의 행성 궤도와 1시 15분 각도로 날아드는 우주선. 그건 별마로 천문대에서 개관 10주년 기념으로 한정 제작한 후드티라는 걸 의미했다. 그걸 입고 이 장소에 있다는 건 아빠를 마지막 본 날, 그 자리에 같이 있던 사람, 그 누나라는 말이기도 했다.

"누나! 그 누나 맞죠?"

목소리가 떨렸다. 누나가 고개를 들며 턱에 걸린 마스크를 끌어올렸다.

"……."

가로등을 등진 내 그림자 때문에 뭉개 놓은 그림처럼 얼굴 윤곽이 흐릿했다.

"그날 누나도 UFO 봤죠?"

"뭘?"

마스크 때문인지 목소리가 선풍기 앞에서처럼 웅웅거렸다.

"UFO가 여기 왔던 날, 저기 숲에……."

아홉골계곡 쪽을 가리키는 손끝이 가볍게 떨렸다.

"그날 누나가 입었던 옷도 똑똑히 기억해요."

마스크 때문인지 등지고 있는 가로등 불빛 때문인지 누나는 웃는지 우는지 알 수 없었다. 누나는 흘낏 나를 보고는 놀이터 입구로 뛰었다. 뒤쫓자 싶었을 때는 후드티가 이미 놀이터를 벗어난 후였다.

시소에 엉덩이를 걸쳤다. 누나가 남긴 온기가 몸을 타고 올라왔다.

"간절히 바라면 아빠는 우주도 움직일 수 있다고 생각해?"

아빠의 제삿날에 하필이면 이곳에서, 후드티와 마주친 게 다 예정된 일인 것만 같아 기분이 이상했다.

지금쯤 할머니는 마음 붙일 데 없는 아빠를 감싸 주기는커녕 내쫓기까지 했다며 엄마를 볶아칠 것이고, 무책임하게 집 나간 건 아빠라며 엄마도 날을 세우고 있겠지.

집에 들어왔을 때 할머니와 고모가 벌써 한바탕 하고 갔는지 엄마는 거실 바닥에 반쯤 넋이 빠진 채 앉아 있었다.

"거봐요. 다들 아빠가 살아 있다고 믿는다니까요."

"너도 그래?"

"살아 계시긴 한데 지구는 아닌 것 같아요."

"그건 무슨 뚱딴지같은 소리야. 너도 아빠 닮아 가니?"

쏘아붙이는 엄마의 목소리에 물기가 배어 있었다.

제사상 위에 놓인 사과를 한입 베어 먹었다.

같이 가자는 아이들을 쫓아 보내고 동아리방에서 나온 건 일곱 시가 다 되어서였다. 도서관 앞 사거리에는 웬일인지 사람들이 웅성대며 몰려 서 있었다.

"앗, 저게 뭐지?"

누군가의 말에 사람들이 일제히 산마루 쪽으로 고개를 돌렸다. 얼핏 봐도 놀이터가 있는 아홉골계곡 쪽이었다. 계곡 위로 보름달만 한 둥근 빛 뭉치가 은백색의 빛을 뿜어내고 있었다.

"비행기가 추락한 게 아닐까요?"

"설마? 사이렌도 안 울렸잖아요?"

"산불이 아니었음 좋겠는데."

나는 앞뒤 재지 않고 사람들 틈으로 파고들었다. 잠깐 멈춘 듯하던 발광체가 통째로 서서히 옆으로 이동했다. 동영상으로 보았던 UFO의 움직임과 똑같았다.

"저건 UFO예요, UFO."

소리치면서 가방 안을 뒤졌다. 이런 결정적인 순간에 핸드폰이 없다니. 급한 마음에 가방을 거꾸로 들고 흔들었지만 핸드폰은 보이지 않았다.

"저게 UFO면 난 외계인이겠다."

구시렁대는 말소리가 들렸다. UFO와의 상봉에 초를 쳐도 유분수지, 고개를 들자 사람들 틈으로 서류 가방을 가랑이 사이에 끼운 채 열심히 사진 촬영 중인 아저씨가 보였다. 그때 어디선가 찢어진 목소리가 튀어나왔다. 후드티를 손에 든 은하였다.

"UFO가 아니란 증거 있어요?"

"학생은 무슨 근거로 UFO라고 확신하는데?"

핸드폰 사진을 넘기며 서류 가방 아저씨가 실실거렸다.

"조금 전에 아저씨도 눈으로 봤잖아요? 그것보다 확실한 게 어딨어요. 우성아, 이 아저씨한테……."

"이거 봐 학생, 그런 얘기 듣고 있을 만큼 한가한 사람 아니야."

"아저씨, 사진 좀……."

서류 가방 아저씨가 횡단보도 위 사람들 속으로 섞여 들어갔다. 결정적인 사진을 놓친 건 핸드폰을 동아리방에 놓고 온 내 잘못이지 아저씨의 속을 긁은 은하 탓이 아니었다. 알면서도 짜증이 일었다.

집에 와서도 흥분이 좀체 가라앉지 않았다. 두 시간 후에야 카페에 글을 올렸다. 바로 댓글이 달렸지만 사진과 동영상이 없어서인지, 거짓말쟁이 취급을 당했다. UFO가 너무 크다는 둥, 아홉골계곡 근처에 사는데 자기가 못 봤을 리 없다는 둥 시비거는 글도 있었다. 자정이 지나서도 블랙버젯의 댓글은 보이지 않았다. 교통사고라도 당한 거야? 블랙버젯을 겨냥하고 쓴 글인데 아무런 반응이 없자 맥이 풀렸다. 나중에 읽을지 모른다는 생각에 이르자 블랙버젯이 꼼짝 못 할 확실한 근거를 준비해야지 싶었다.

한국 UFO분석센터 사이트에 들어갔다. 눈에 들어오는 글 하나가 올라와 있었다. 역시나 아홉골계곡에 출몰한 UFO에 대해 언급하고 있었다.

기상청에 문의해 본 결과, 오늘 오후 7시 35분 수도권에서 관측용 기구를 띄운 적 없고, 인공위성 포세이돈이 지나가긴 했지만 3등급이라 이렇게 밝은 빛을 낼 수 없다고 했다. 오늘 출몰한 UFO만큼 빛나려면 국제 우주정거장 ISS의 인공위성 정도여야 하는데 확인 결과 그 시각에 우리나라 상공을 지나가지 않은 것으로 밝혀졌다.

내가 본 게 UFO였다는 게 확실해졌다. 이를 증명할 사진과 동영상이 필요했다.

밤새 블로그와 카페, 페이스북과 트위터를 다 뒤져 UFO 사진을 찍은 서류 가방 아저씨의 블로그를 찾아냈다. 다음 날 아침까지도 카페에 블랙버젯의 댓글은 없었다.

내가 쫓아내지만 않았다면 자기도 UFO를 봤을 거라며 전화기 저쪽에서 진구가 방방 떴다. 서류 가방 아저씨 얘기를 꺼내자 진구는 잘 아는 동네라며 같이 가겠다고 고집을 부렸다.

토요일에 진구를 만나기로 했다. 전철에서 내려 7시 방향에 있는 골목을 쭉 걷다가 나오는 마을공원 옆 우리슈퍼가 목적지였다. 멀리 보이는 산비탈에는 허름한 다세대 주택들이 다닥다닥 붙어 있었다. 팔을 뻗으면 벽이 닿을 것 같은 좁은 골목으로 접어들었다.

"좋은 말로 할 때 지갑 내놔라!"

"어쭈, 생긴 것도 완전 재수탱이네. 야, 너 얼굴은 왜 그 모양인데?"

진구가 머릿속을 휙 지나갔다. 요즘 극성스럽게 돋아나는 여드름 때문에 진구는 고민이 많았다. 피부과를 뻔질나게 들락거리는 모양이었지만 별 효과가 없었다. 재수탱이가 진구라면? 책만 파는 약골이라 떼거리로 달려들면 곤죽이 될 건 뻔했다.

"진구야, 토껴."

패거리 안으로 뛰어들자 시시덕대던 패거리들이 나를 뜨악하게 쳐다보았다.

"이건 또 뭐야? 똥파리는 지난여름에 다 뒤진 줄 알았는데."

빈정거림과 함께 등 위로 둔탁한 발길질이 쏟아졌다. 간신히 신음 소리를 삼키는데 무엇인가 묵직한 것이 몸 위로 겹쳐졌다. 멍청한 새끼. 맷집은 내가 너보다 낫거든. 연이어 퍽퍽 소리가 들려왔다. 저러다 죽을지도 모른다는 생각이 들자 몸이 바짝 굳었다.

"여자라서 봐주려 했는데, 자꾸 뻗대면 생각이 달라지지."

뭐, 여자! 진구가 아니었단 말이야. 어쩌다가 일이 이렇게 꼬인 거지. 나의 오지랖에 얼굴이 후끈 달아올랐다. 때마침 사이렌 소리가 요란하게 울렸다.

"완전 김샜다. 다음에 걸리면 국물도 없을 줄 알아."

누군가 발에 힘을 실어 옆구리를 걷어찼다.

다다닥.

땅바닥에 짓눌린 얼굴을 들었을 때 후드티의 뒷모습이 눈에 들어왔다.

“야, 괜찮아?”

“어디 있었어? 하마터면 세상 하직할 뻔했잖아?”

나를 일으켜 세운 진구가 핸드폰 사이렌 앱을 흔들며 입을 비죽댔다.

“걸을 수 있겠어? 엄청 맞았잖아.”

터진 입술이 따끔거려 얼굴이 찌푸려졌다. 진구 뒤에서 후드티가 움칠대며 일어섰다.

“은하야!”

진구와 내가 동시에 소리쳤다. 내가 놀란 건 나 대신 매를 맞은 게 은하라는 것보다 은하가 입은 후드티 때문이었다.

내가 놀라 허둥대는 사이 은하는 진구를 밀쳐 내고 달아났다.

“야, 쟤 갑자기 왜 저러냐?”

진구가 나를 툭 치면서 눈으로는 은하가 사라진 쪽을 쳐다보며 말했다.

“쟤 여기 왜 왔어?”

“네가 찾는 UFO 사진이 벌써 카페에 올라왔다고, 은하가 그걸 너한테 알려 줘야 한다고 전화해서……. 은하도 동아리 회원이잖아.”

진구가 내 눈을 피하며 우물거렸다.

'은하, 넌 후드티랑 무슨 사이인 거야?'

월요일, 은하가 결석했다. 토요일 일 때문에 가뜩이나 찜찜한데 노는 시간마다 진구가 앞에서 알짱거렸다.

"은하한테 무슨 일 생긴 건 아니겠지?"

은하가 결석한 게 내 탓인 것처럼 진구의 말에는 원망이 섞여 있었다.

"담임 선생님이 아무 말 안 했잖아."

그날 병원까지 데리고 갔어야 했을까. 절름거리던 은하의 뒷모습이 자꾸 어른거렸다.

수업이 끝나고 교실을 빠져나가는 진구를 불러 세웠다.

"집에 가 보자. 께름칙해."

은하 집은 사거리 주유소였다. 시내로 들어가는 초입에 있는 주유소라 들락거리는 차들이 많을 텐데 어쩐 일인지 한 대도 보이지 않았다. 잠시 후 사무실에서 나온 알바생이 우리를 힐끔 보고는 '임시 휴업' 안내판을 내걸었다. 뒤따라 나온 여자아이가 심드렁하게 말했다.

"오늘도 문 닫는 거야?"

"은수를 찾았다는 전화 올 때마다 그랬다잖아. 새삼스럽게 왜 물어?"

"이번에도 허탕일 테니까 그렇지…….""

티격태격하던 알바생 뒤를 쫓아 사무실로 들어갔다.

"학교 친구인데요, 은하 있어요?"

"제 방에 있겠지 뭐. 무슨 일인데?"

"선생님이 왜 결석했는지 알아보라고 해서…….""

"쟤들 데리고 2층에 올라가 봐."

위아래로 우리를 훑어보고는 알바 형이 여자아이에게 명령하
듯 말했다.

살림집은 주유소 2층에 있었다. 같이 올라온 여자아이가 "은
하야, 친구들 왔어" 소리치고는 턱짓으로 맞은편 방문을 가리
켰다.

"이모, 친구들이 은하 걱정돼서 왔대요."

거실에 앉아 있는 여자를 향해 소리쳤지만 여자는 핸드폰만
들여다볼 뿐이었다.

방은 동굴처럼 어두컴컴했다. 천장을 도배한 야광 스티커 때
문에 흐릿하게 방 안이 눈에 들어왔다. 은하는 보이지 않았다.

"화장실 갔나?"

중얼거리며 방 안을 둘러보다 엉거주춤 의자에 걸터앉았다.

책상 모서리에 수분 스프레이가 여러 개 놓여 있었다. 조금 전까지 사용했는지 전원이 들어온 컴퓨터가 눈에 들어왔다. 슬금슬금 다가가 엔터키를 두드렸다. 화면이 밝아지면서 후드티 뒤에 날염된 문양이 모니터를 가득 채웠다.

빠르게 문서 파일을 클릭했다. 진구의 숨소리가 뒤통수에 느껴졌다.

"은하가 블랙버젯이었나 봐."

"진짜? 말도 안 돼."

"이건 블랙버젯의 글 파일이야."

블랙버젯의 정체를 알아낸 것도 기절할 일인데 은하가 블랙버젯이라니. '외찾지'에 들어온 것도 다 이유가 있었던 거야? 당혹스럽다 못해 뒤통수를 얻어맞은 기분이었다.

"커튼 때문에 방이 동굴이야, 동굴."

진구가 커튼을 젖히자 유리창 전면 가득 복잡한 수학 공식이 씌어 있었다.

"이거, 그 공식 맞지?"

"응. 우주에 생명체가 있다는 가설을 밝히는 드레이크 방정식."

50년 전 프랭크 드레이크는 인간과 다른 행성의 외계인을 만날 수 있는 확률을 계산하는 공식을 만들었다. 드레이크는 지구와 유사한 환경을 가진 행성이 있다면 그곳에도 지적 생명체가 존재한다는 걸 증명하려고 했다.

"블랙버젯과 드레이크 방정식, 안 어울리지 않아?"

내 말에 진구가 떨떠름한 얼굴로 어깨를 으쓱했다. 오래전에 쓴 듯 글씨가 딱딱하게 말라 있었다. 컴퓨터와 창문을 번갈아 보던 진구가 내 어깨를 툭 쳤다.

"은하한테 무슨 일이 있는 거 아냐?"

"거기 가 보자."

"어딘데?"

은하가 후드티와 관련이 있다면 따로 짚이는 곳이 있었다. 후드티를 처음 본 곳, 아홉골계곡이었다.

저녁 햇살이 가라앉은 숲은 고요했다. 풀벌레 소리보다 진구 숨소리가 더 크게 들릴 정도였다.

"이런 델 은하가 왜 오는데?"

연신 주위를 두리번대며 진구가 투덜거렸다. 겉보기와는 달리 바위산이라 조금만 방심했다가는 돌부리에 걸려 무르팍이 깨지기 십상이었다. 조심하라는 말이 끝나기 무섭게 무언가 아래로 뚝 떨어지는 소리와 함께 진구의 비명 소리가 들렸다.

"누가 이런 걸 파 놓은 거야."

"조심하라고 경고했잖아. 괜찮아?"

무릎을 꿇고 아래를 내려다보자 한 사람은 충분히 숨을 만한 구덩이가 보였다. 떨어지면서 발목을 접질렸는지 진구의 신음 소리가 들렸다.

"금방 내려갈게. 조금만 참아."

핸드폰 라이트 앱을 켜고 나뭇가지를 잡아당기며 아래로 내려갔다. 구덩이 쪽으로 발을 떼다 그루터기에 앉아 있는 후드티와 눈이 마주쳤다. 은하는 혼이 빠져나간 듯했다.

"여기 있을 줄 알았어."

블랙버젯이 너 맞냐고, 후드티와는 무슨 사이냐고, 묻고 싶은 말들이 입안에서 맴돌았다.

"컴퓨터 보고 좀 놀랐어. 네가 블랙버젯이었던 거야?"

목소리가 심하게 떨려 나왔다. 은하는 얼빠진 듯 멀거니 나를 쳐다볼 뿐이었다.

"블랙버젯은 은수 언니야."

"그러면 그 후드티도 은수 누나 거고?"

은하가 갑자기 울음을 터뜨렸다. 역시 예상이 빗나가지 않았다. 은하가 드레이크 공식 같은 걸 알 리 없었다. 동아리 모임 때마다 은하는 처음 듣는 이야기처럼 신기해했다. 회원들도 문외한인 은하를 동아리에 끌어들였다며 은근히 못마땅해했다.

"언니는 죽었을지 몰라. 경찰이 시체를 찾았다고……."

은하의 어깨가 크게 들썩거렸다.

"그런 전화 여러 번 왔었다며? 이번에도 아닐 거야."

알바 형의 말이 떠올라 나는 잔뜩 목소리에 힘을 주었다.

"정말?"

고개를 든 은하의 얼굴이 눈물 자국으로 얼룩덜룩했다. 나도 모르게 세차게 고개를 끄덕였다. 구덩이를 기어 나온 진구가 절뚝거리며 슬며시 옆에 앉았다.

"그날 왜 도망가지 않았어? 나 때문은 아닐 테고."

"언니도 걸핏하면 맞고 들어왔어……. 언니는 어떤 기분이었을까 알고 싶었어."

"왜 뚱뚱해? 아님 못생겼나?"

'눈치 없으면 가만히 있기나 하지.'

째려보는 나한테 '뭘?' 하며 진구가 입을 동그랗게 말았다.

"중학교 때부터 언니 몸이 변하기 시작했어. 하얗게 각질이 일어나고 나중엔 피부가 악어가죽처럼 쩍쩍 갈라졌어. 눈썹도 빠지고 어떤 날은 베개 가득 머리카락이 묻어 있었어. …… 피부과 의사도 원인을 모르겠대. 별별 약을 다 썼지만 소용없었어. 자외선을 피하고 수분 공급을 자주 해 주는 게 유일한 처방이라고. 그때부터 언니는 스프레이를 달고 살았어. 그렇지 않으면 바깥에 나갈 수 없었으니까."

은하의 눈에 눈물이 그렁그렁 차올랐다.

은하가 스프레이를 뿌리는 것도 은수 누나 때문이었던 걸까?

"외모를 비관해서 가출한 거네?"

저놈의 주둥이를 뽑을 수도 없고. 오늘따라 눈치 없이 진구가 불쑥불쑥 끼어들었다.

"집 나가기 전날에도 엄청 맞고 들어왔는데 어딘가 달랐어. 잔뜩 들떠 있는 것 같기도 하고. 무슨 일이 있냐고 물었더니······ 자기가 있을 곳을 찾았다고."

"그게 5년 전이라고?"

은하는 대답 대신 주머니에서 스프레이를 꺼내 가만히 들여다보았다. 은수 누나가 후드티라면 그날 아홉골계곡에서 UFO를 본 건 아빠만이 아니라는 거였다.

"그 컴퓨터는 은수 누나 거 맞지?"

그걸 확인하는 순간 엉켜 있던 실타래가 풀렸다. 은수 누나가 사라진 후 컴퓨터에서 파일을 찾아낸 은하가 은수 누나 대신 블랙버젯으로 활동했던 것, 언니의 후드티를 입고 아홉골계곡에서 언니가 돌아오기를 기다렸다는 것…… 언니로 추정되는 사체가 발견되었다는 경찰의 말을 듣고 은하는 무작정 이곳으로 달려왔던 것이다.

"누나라면 자기 글을 알아볼 거라고 생각한 거지? 내 생각엔 누나가 그 글을 봤더라도 돌아오지 못했을 거야."

은수 누나가 자외선 없는 행성을 찾았기 때문이라는 말은 하지 않았다. 아빠처럼 은수 누나도 자기 행성을 찾았기를 믿고 싶었는지도 몰랐다.

"왜, 왜 안 오는데? 5년 동안 돌아오기를 기다린 엄마와 아빠, 나는 아무것도 아니란 말이야?"

"너 왜 그래? 은하가 아니라잖아?"

진구가 덩달아 눈을 부라렸다. 그때 은하의 핸드폰이 울렸다.

"…… 언니가 아니라고. 아빠, 정말이지……?"

우는 건지, 웃는 건지 심하게 일그러뜨렸던 은하의 얼굴이 조금씩 펴졌다.

"언니 아니래."

"거봐. 누나는 여기에 없다니까. 저기 다른 행성에 있을 거야."

"아무리 위로도 좋지만 너 지금 너무 나갔어."

진구가 진정하라며 내 어깨를 세게 눌렀다. 은하는 가뭇한 눈으로 나를 쳐다보았다.

"나도 처음엔 그랬어. 아빠가 엄마와 나를 버리고 떠난 걸 이해할 수 없더라. 그런데 언제부턴가 아빠가 안산에 계실 때 외계인을 만난 게 아닐까…… 그런 생각이 드는 거야. 마지막 날 나한테 외계인이 있다는 걸 믿냐고 물으셨거든. …… 어떤 행성에 계시든 아빠가 행복했으면 좋겠어."

은하를 위로하기 위한 거짓말이 아니었다. 정말 그렇게 믿었다.

"우리 언니도 외계 행성으로 떠난 거라고?"

은하는 혼잣말처럼 웅얼거리며 하늘을 올려다보았다. 캄캄하기만 하던 하늘 사이로 하나둘 별이 돋기 시작했다.

"아니라는 증거도 없으니까 그럴 가능성도 있다는 거지. 우리에게는 불가능한 게 외계 행성에서는 가능할 수도 있으니까. 인간의 과학 기술이 로봇을 만들어 낼 수 있다면 지구인보다 더 뛰어난 과학 기술을 지닌 외계 종족도 있을 수 있잖아? 그건 과학의 영역이 아니라 믿음의 영역이니까."

"그야 그렇지만……."

진구는 뒷말을 흐렸고, 은하의 눈빛은 기묘하게 빛났다.

"네 말대로라면 강한 자외선에도 피부 트러블이 생기지 않는 행성이 저 은하계 어디에는 있을 수도 있는 거고?"

"맞아. 이 은하계에 존재하는 어떤 외계 종족은 스카이콩콩을 타고 행성 간을 이동하는 점프 능력이 있을지도 모르지. 그러니까 지구인은 다른 은하계로 가는 데 수백 년이 걸리는데 그 외계 종족은 몇 초 만에 가는 거야. 이렇게 말이야."

나는 스카이콩콩 타는 자세를 하고 가볍게 옆의 바위를 뛰어넘었다.

"인간의 상상력이라는 게 얼마나 비과학적이고 비논리적인데."

진구가 시큰둥하게 말하며 입을 비죽거렸다.

"이론과 실제는 다르지만…… 그래도 난 언니가……."

"UFO를 직접 추적했던 사람의 말을 들으면 믿을 수 있겠어?"

"그런 사람이 있어?"

되묻는 은하의 눈이 별처럼 반짝였다.

40년 전, 1980년 3월 31일, 팀 스피릿 훈련에 참가 중이던 임 대장과 네 명의 군인은 긴급 출동 명령을 받고 대구에서 강릉 쪽으로 날아가고 있었다. 비행을 시작한 지 얼마 되지 않아 갑자기 푸른빛을 발광하는 비행 물체가 전투기 앞으로 나타났고 임대장은 즉각 지상 통제소에 이를 보고했다. 강릉행을 포기하고 계속 추적하라는 지시가 떨어졌고 그들은 40분 넘게 비행 물체, 아니 UFO를 쫓았다. 자그마치 40분 넘게 말이다. 말을 하다 보니 마치 내가 전투기 안에 앉아 있는 것처럼 가슴이 벅찼다. 한참 전에 본 다큐멘터리를 얘기하며 임 대장을 만난다면 UFO도 외계 행성의 존재를 알 수 있을지도 모른다고 했다.

"대구 가자, 대장님 만나러."

은하가 갑자기 벌떡 일어나며 소리쳤다.

"지금?"

"응. 지금 당장!"

가슴으로 뜨거운 것이 올라왔다. 어느새 나는 은하의 손을 잡고 있었다.

우연히 보호종료아동이 나오는 다큐멘터리를 보게 되었다. 부모에게 버림받거나 피치못할 사정으로 보육시설에서 생활하던 보호종료아동은 만 18세가 되면 5백만 원의 자립 정착금을 받고 보육시설에서 나와야 한다. 그동안 잘 보호하고 키워 줬으니 이제부터 네가 알아서 먹고살라며 야멸차게 내쫓기는 것이다. 이제 막 선거권을 가진 법률상의 성인일 뿐 제대로 돈을 벌어 본 적도, 도움을 줄 사람도, 자기 방 한번 가져 본 적도 없는 아이들에게 어른들이 할 짓은 분명 아닌 것 같다. 그 아이들 중 자신이 원해서 그렇게 태어난 아이는 한 명도 없을 테니까 말이다. 보는 내내 어른으로서 부끄럽고 미안했다.

가톨릭 수도원이 운영하는 보육원에 사는 아이, 내년이면 그곳을 나와 쪽방이라도 구해야 하는 아이, 보호종료아동이라는 세간의 시선 때문에 억울한 사건에 휘말리는 아이, 그래도 할 말은 또박또박 하는 아이…… 불현듯 '성복'이라는 거룩한 뜻의 이름을 가진 한 아이가 떠올랐다. 가진 것 없어도 주눅 들지 않고 '보호종료'라는 절망적인 상황에서도 한쪽 문이 닫히면 다른 문이 열린다고 생각할 만큼 긍정적이고 밝은 성품을 지닌, 낯선 세상으로 나가는 것이 두렵지만 설렘과 기대도 함께 품을 수 있는, 그런 품이 넓은 아이로 그리고 싶었다. 성복이의 선택이 통제와 규칙으로 '규격화된 청소년'의 삶에서 벗어나 자유로운 개인, '나다운 나'로 서기 위한 자발적 의지라면 더욱 좋지 않을까?

그런 생각에 이르자 내가 써 온 작품 속 아이들이 떠올랐다. 1등만 할 수 있다면 무엇이든 하겠다는 유진이, 형과 비교당하는 성장 과정 속에서 자존감이 바닥나 버린 친구를 위해 시험지를 바꿔치기하는 태석이, 절대 음감을 타고났지만 엄마의 바람대로 공부에 매달리는 장우, 실종된 아버지가 외계 행성에 살고 있다고 믿는 우성이와 언니를 찾으려고 블랙버젯을 자처한 은하. 이 아이들을 오롯이 스스로의 선택으로 '보호종료'를 선언하는 아이들의 이야기로 고쳐 보자 마음먹었다. 전체 줄거리는 그대로 유지하되 유진이를 통해 극단적 선택 뒤에 감춰진 어른들의 일등주의 욕망을, 잘못된 우정의 굴레를 스스로 깨는 태석이의 용기 있는 행동을, 외계 행성의 존재를 밝히려는 은하와 우성이의 새로운 도전을 보여 주고자 했다. 한 뼘 더 성장한 아이들과 다시 만나는 기쁨 덕분인지 새로 고쳐 쓰는 내내 즐거웠다.

이 책을 읽는 청소년들이 부모님을 실망시킬까 봐, 돈 많이 버는 직업을 갖지 못할까 봐, 친구들에게 따돌림당할까 봐 같은 기준들에 얽매이지 않기를, 담대하게 용기 있게 자기 자신을 위한 선택을 할 수 있기를 기대해 본다. 세상의 모든 선택이 항상 나의 몫이듯 내 인생의 주인공은 바로 나 자신이니까.

원고를 모두 넘기고 난 후, 과테말라의 동화 한 편이 떠올랐다. 여덟 살 난 후안이라는 아이가 '세상에서 가장 아름다운 곳'이라고 쓰인 관광 안내지를 할머니에게 내밀며 정말 우리가 살고 있는 이곳 '산 파블로'가 세상에서 가장 아름다운 곳이냐고 묻는 장면이 나온다. 엄마에게 버림받고, 학교에도 가지 못한 채, 구두닦이로 돈을 벌어야 하는 후안에게 산 파블로는 그저 하루빨리 벗어나고 싶은 곳이기 때문이었다.

할머니는 후안의 물음에 이렇게 대답한다.

"가장 아름다운 곳은 어디라도 될 수 있단다. 네가 떳떳할 수 있는 곳이라면 어디라도, 스스로 자랑스럽게 여길 수 있는 곳이라면 어디라도."

성복이의 사회생활은 분명 녹록지 않을 것이다. 그 아이가 어떤 상황에 부딪히더라도 자긍심을 잃지 않고 세상을 아름답게 볼 수 있는 어른으로 살아 주기를, 부디 내 응원이 그 아이에게 전해지기를 바란다.

2020년 깊은 가을에, 윤혜숙